笑って学べる心のおべんきょう

ちっちゃいおっちゃん

（自称）お笑いセラピスト
尾﨑里美

カナリアコミュニケーションズ

はじめに

「ちっちゃいおっちゃん」――。

本書のタイトルを目にして、「ちっちゃいおっちゃんっていったい何者？」と不思議に思われた方も多いでしょう。

〝ちっちゃいおっちゃん〟とは、私が神戸で主宰するイメージトレーニングセミナーで大人気の登場人物（？）です。

すでに数万人の方々にちっちゃいおっちゃんの話を伝えてきました。当社のセミナーは生徒さんから「吉本のお笑いを聞いてるみたい」と言われるほど笑い中心なのですが、その中でもちっちゃいおっちゃんの話がわかりやすく、大好評なのです。

「尾崎さん、ちっちゃいおっちゃんの本まだ？」

「ちっちゃいおっちゃんの話おもろすぎるわ。もっと全国に広めてよ」

生徒さんからそんな声が次々と聞かれました。本書は、待望の話をついに全国の人びとに解禁し、書籍化したものです。

ちっちゃいおっちゃんとは、ひと言でいうと潜在意識――インナーチャイルド（内なる自分）とも呼びます――のことです。

潜在意識を癒すことで自分のパターンが変わり、未来が変わります。つまり、人間の未知なる可能性を開くカギを握るのがちっちゃいおっちゃんなのです。

「どうすればちっちゃいおっちゃんを癒し、望む未来を手に入れることができるのか」――。

それを、本書では笑いを交えてわかりやすく伝えています。

当社には養成コースがあり、卒業生たちが全国で講演活動をしています。また、養成コースだけではなく、多くの分野でのさまざまな講師の先生方も参加されています。

授業を聞かれた先生方は、ちっちゃいおっちゃんの話をご自身の講演でも語られていることが多くあります。文字通り、ちっちゃいおっちゃんが日本全国でひとり歩きをはじめているのです。

ですから、当社のセミナーにはじめて参加した生徒さんから、「別の講演でちっちゃいおっちゃんの話を聞きました！」と言われることも度々あり、講師の先生のお名前を伺うと必ず当社の生徒さんです（笑）。「ここが本家なんですよ～」ということもよくあるんです。それほど、ちっちゃいおっちゃんの話は多くの人にしゃべりたくなる内容なのです。

じつはちっちゃいおっちゃんが物語の世界から飛び出し、人形にもなっています。当社の養成コース卒業生で企業講演をされている正野由紀子さんが、知り合いの十代の女の子である川野麻美さんにセミナーの内容を伝えました。川野さんはその話を聞いて感動し、ちっちゃいおっちゃん人形をなんと自作したのです。毎日ちっちゃいおっちゃん人形にプラスの言葉を言い続け、一ヶ月ほどで全身のアトピーが治ったそうです。その後、彼女も当社のセミナーに参加しました。

また、自らの手でつくった人形を友だちに見せると、「私もほしい！」と次々にお願いされたといいます。そこで、彼女はちっちゃいおっちゃん人形をなんと千個も手づくりし、友だちに配ったそうです。すると、不思議なことが起こりました。

ある人は、ちっちゃいおっちゃん人形を肌身離さず持ち歩き、自分を愛することで心が癒されたといいます。

またある人は、自殺を考えるほど追い込まれていたにもかかわらず、ちっちゃいおっちゃん人形が助けとなって思いとどまることができたそうです。

さらに驚くことに、川野さんにスポンサーが付き、『ちっちゃいおっちゃん』という会社まで設立。川野さんは十八歳にして、なんとその会社の代表なのです。

現在、ちっちゃいおっちゃん人形の注文が殺到し、日本を飛び越え海外からの依頼もあるとのこと。

私のお笑い話のちっちゃいおっちゃんが、正野さんや川野さんからもどんどん広がっているのです。

ちっちゃいおっちゃんが世界中を旅して回り、ひとりでも多くの方の人生をより良いものに変える。本書がそのきっかけとなれば幸いです。

目次

一章

過去の記録

ぼくの名前は中村拓也。関西人。三十五歳。

ぼくの人生はなにをやってもうまくいかへんかった。彼女はできへんし、就職したら会社はつぶれるし、お金もなければ自信もない。仕事をする気もまったくなし。

「これでは結婚も無理やし！　親の世話にでもなっとったらええねん！」

ほんとうのことを言うと、そうやってあきらめてた。

なにより、そんな自分が大っ嫌いやった。「もうどうでもええ」と思っていた。

周りから「がんばれ！」って応援されるたびに、よけいにみじめになった。

「この世の中、全部が腹立つ…いや、こんな自分にいちばん腹が立つ」――。そう思って、もう死にたいくらいやった。

せやけど、ぼくの人生は大きく変わったんや。

ぼくはいま、ある女の子に教えてもらったことを全国に広めるため、講演活動をしている。

本も出版し、子どもたちに教える学校の先生にもなった。本はベストセラーになり、講演依頼が殺到している。

なによりうれしいのは、ぼくの講演を聞いてくれたみんなが笑顔になり、ありのままの自分を好きになってくれていること。

自分のことが大っ嫌いやったぼくが多くの人の役に立ち、感動を与えられる人間になったんや。ぼくは生まれてはじめて、自分のことが好きになった。

五年前のこと。ある女の子が話しかけてきたんや。いま思い出しても不思議になる。突然、大声で話しかけてきたんやから。でも、あの子はぼくを助けてくれたんや。

学校でたくさん勉強してきたけど、社会に出てもあんまり役に立ってないもんもたくさんある。三角関数をどこで使うか。そう質問されて、答えられる人が何人いるやろ。

知らなくても生きていけることはたくさん勉強してきたけど、これから話すことは学校ではぜったいに教えてくれへん。これほどすごいことを教えてくれたんはあの子だけや。あの女の子はぼくにとって人生の師匠や！

ある夏の日やった。

道を歩いてたら、ちびまる子ちゃんに似た女の子が真っ赤なリボンをつけて前からやってきた。そして、ぼくの顔を見るなり大声で笑いよったんや。

＊　＊　＊

「キャー！

お兄ちゃんの心の中のもうひとりのお兄ちゃんって、

かわいいいなー！」

「なんの話や？」

「だから、心の中に住むお兄ちゃんのことやんか！　お兄ちゃん知らんの？」

「心の中にもうひとりの自分がおるっちゅうんかいな？」

この子は突然なにを言い出すんやろう。そう思ったぼくは、振り切って歩いていこうとした。そしたら、またへんなことを言い出した。

「お兄ちゃん、見るからに不幸の顔してるで」

「ふ、ふ、不幸の顔？」

「ははははは！　図星やろ？　それにしても、お兄ちゃんの心の中におるお兄ちゃんの顔、けっさくやわ。まるでちっちゃいおっちゃんやんか！　ほんまかわいいな」

ちっちゃいおっちゃん？　この子はやっぱりおかしい。なんでぼくの心の中におっちゃんがおるんや。というか、なんで心の中が見えるんや。あんまり関わるとややこしいことになると思い、無視して歩き出すと、今度はこんなことを言い出しやがった。

「私の心の中を見てみ。美人やろ？　まあ心の美人っていうやつや」

「心の美人？」

「目の前におるのに、私の心の中の私の顔も見えてないんかいな。そらあかんわ。でも、まあええわ。ここで出会ったのもなにかの縁。不幸なやつを見捨てるわけにもいかんし。お兄ちゃんがちっちゃいおっちゃんと会話できるまで見届けたるわ」

別に見届けてもらいたくもないし、ちっちゃいおっちゃんの意味がどうしてもわからん。混乱する頭を冷やそうとしていたら、今度は女の子の友だちまでやってきた。

「あっ、さっちゃんと友哉くん。ちょっと聞いて。このお兄ちゃん、自分の心の中のこと知らんらしいで。ほら見て！ちっちゃいおっちゃんやろ」

「ほんまや！私の心の中の子はもっとかわいいで。ほら、天使みたいやろ？友哉くんは人形さんみたいな顔やしな」

この子らは明らかにおかしい。体を指差しながら、天使や人形やって言うて笑い合ってる。ぜったいにおかしい。

「お兄ちゃんほんまに見えてないの？」

「いや…たまにはな、見えることもあるかもしれんけどな…」

「うそつきー！見えへんくせに。まあええわ。明日の十二時にそこの公園においで。私が教えたるから。その代わり授業料は高いで。これでも私、図書委員してんねんから」

「図書委員？なんのこっちゃ」

「とにかく明日の十二時に公園や。寿司とお茶を持参やで。わかった？言うとくけど、子どもやねんから、わさび抜きにしとってよ」

「お前な…」

＊　＊　＊

この日のことは一生忘れられへん。もう頭が真っ白になった。家に帰っても、女の子とのやり取りが気になって仕方がなかった。

「ちっちゃいおっちゃんってなんのことやろ？」

「ぼくは子どもにおちょくられとるんやろか？」

「あの三人はグルになっとんやろか？」

そんなことを考えつつ、悔しいけど、ちっちゃいおっちゃんがなにか知りたかった。どんな顔をして、心の中でなにをしているのか知りたかった。

「そもそも、なんでぼくだけちっちゃいおっちゃんなんや。それやったら、ちっちゃいおばちゃんもおるんかな。ひょう柄の服着て、麦わら帽子かぶって、化粧して、幼稚園児みたいな顔して…それで関西弁しゃべっとったらおもろいやろな」

そんなことを空想しながらも、意外にも久しぶりに高揚感に浸っていた。なんか、ワクワクしてたんや。そんな気持ちがまだ自分に残っていることがうれしかった。

ぼくはあの女の子と会うことにした。

理由なんてどうでもよかった。ぼくの心はとにかくワクワクしてた。ただ正直に、自分の心に従ったんや。

心の中なんてレントゲンにも写らない、未知との出会い。

＊　＊　＊

女の子と出会った次の日、公園に行く準備をした。とにかくお寿司を持っていったらなあかん。それもわさび抜きで。

頑固な寿司屋の大将やったら怒りよるで。そう思いながらも、素直にわさび抜きの寿司とお茶を買って公園に行った。

「お兄ちゃんここや！　あーお腹すいた。ゆっくりお寿司でも食べながら話しようか。

まあ座り」

「うん。あんな、昨日のことやねんけど…」

「いまお寿司を食べようとしてるとこやんか！ その話は食べ終わってからや。もう気が早いんやから」


「ごめん…（あかん、完全に相手のペースにはまってもうとるやんか。でも、この子と話をしてると落ち着くのはなんでやろ。それになんか楽しい）」

「ほんまか！ ありがとう」

「え？」

「え？ってなに？」

「もしかして、ぼくがなにを考えてるんかわかったん？」

「当たり前やん。ちっちゃいおっちゃんはあんたの心の中におるねんで。それが見え

てるねんから」

「(あかん、完全に読まれてる。なんにも考えられへんな)」

「せやから、『なんにも考えられへん』って考えてることも読めてるちゅうねん。わからんやっちゃな」

「(やばい、こいつ…もしかして、ほんまはすごいやつかも)」

「うん、すごいやつやで。ようやく気がついたんかいな」

「……」

「さあ。はじめよか！」

「お願いします」

この子はぼくの心を完全に見透かしとる。それがわかってからは、なにも抵抗できなくなってしまった。もうこの子に従うしかなかった。

「お兄ちゃん、どっちから靴をはくのん。右？左？」

「突然なに？そんなん意識したことないからわからんわ」

「そうや、それがちっちゃいおっちゃんや」

「なんのこっちゃ？」

「いまお兄ちゃん、〝意識してない〟って言うたやろ。ちっちゃいおっちゃんはな、お兄ちゃんが意識してないところで動いとんねん」

「意識してないってことは、無意識ってこと？」

「そう。ちまたでは潜在意識というやつもおるけどな。お兄ちゃんはまったく意識してないから、ちっちゃいおっちゃんとは〝未知なる自分との出会い〟ちゅうこっちゃな」


この子、またへんなことを言い出しよった。まったく意味がわからへん……。


「それとな、ちっちゃいおっちゃんはお兄ちゃんの健康も見守ってくれてるねんで。さらにいうと、ちっちゃいおっちゃんはパソコン持ってるねん」

「パソコン？」

「画面でっかいで〜。どこ探しても売ってへん。特注やさかいな。ちっちゃいおっちゃんは、そのパソコンの中にあらゆることを記録してるねん」

「どんな記録？」

「ぼう大な記録や。たとえばお兄ちゃん、自分のことをどんな人間やと思ってるん？」

「ぼくか？　あかん人間や。なにやってもうまくいかへんし、女の子ともしゃべられへん。自信もぜんぜんないし、いまは引きこもりみたいになっとる。まあ、そんな人間や」

「ふーん。で、いつから？」

「いつからって、なにがや？」

「せやから、いつからそんな人間になったんかって聞いてんねん」

「いつからって言われてもなぁ」

そういや、いつから自分のことが嫌いになったんやろ。自分でもよくわかっていないことに気づいた。

「生まれたときから？『オギャー』って生まれた瞬間、『ぼく引きこもりやねん！自信ないし、なにやっても無理やねん！』って叫んだんかいな？」

「そんな赤ちゃんおらんやろ。お前おもろいやっちゃな！　生まれた瞬間にそんなん言うたらおもろすぎるで」

「それやったらいつからか言うてみいな」

「そうやなぁ、赤ちゃんのときではないなぁ」

そうやって過去を振り返っていると、ふと思いあたることがあった。

「そうそう、幼稚園のお絵かきのとき、友だちから『拓也くん、絵を描くの下手やな』って言われたことがあるな。それでちょっと自信なくしたような…。先生からも、『なにやってもダメな子やね』とか言われてたし。なんか考えてるとまた悲しくなってきたわ」

「それ、真実なん？」

「真実ってなに？」

「絵が下手って誰が決めたん？ っていうことや」

「友だちかな、いや先生？」

「お兄ちゃん自身はどう思ってたん？」

「ぼくは絵を描くのは好きやったし…そういえば、下手やと言われるまでは、自分では絵が上手いと思ってたな」

「じゃあ、上手いか下手かは誰が決めるん？」

「別に誰って……」

「そのときに下手やと思って自信なくしたんやな。ということは、他人の意見を信じたわけや」

「そう言われると、そうかもしれへんなぁ」

「それや！それが記録や！」

突然大きな声を出すからビックリした。女の子はぼくのほうを向いて、「それや、それや」とまだぶつぶつ言っている。

「ちっちゃいおっちゃんはな、お兄ちゃんが心で信じたものは全部、パソコンに記録してるねん。過去の経験すべてや。思い込みや決めつけ、自分に対するイメージ、全部や」

「ちっちゃいおっちゃんがパソコンに記録してる？」

「ちっちゃいおっちゃんは忠実やで。お兄ちゃんが描いた自分に対するイメージをすべて記録してるねん」

なんか、へんなおっさんがパソコンをカチャカチャやってる姿が浮かんできた。

「しかも、お兄ちゃんが知ってる自分ちゅうもんは、たったの五パーセントや」

「五パーセント？　自分が五パーセントということは…あとの九十五パーセントはちっちゃいおっちゃんということかいな？」

「お兄ちゃんやるやん。まあ、そういうことになるな。もうちょっとわかりやすく言うたら、意識が五パーセント、無意識が九十五パーセントっちゅうことや。未知なる自分との出会いはまだまだ深いで」

ちっちゃいおっちゃんはぼくが心で信じたことをすべて記録している。じゃあ、いつ寝てるんやろか。女の子に聞いてみた。

「二十四時間、起きてるで。だって心臓も呼吸もコントロールしてくれてるやん」

「そうか、たしかに無意識やな。ぼくが意識して心臓を動かしているわけやないし。すごいやつや…」

「ようするに、お兄ちゃんが自分のことを『あかん人間や』って思うのも、単なる記録やってこと。ほなお兄ちゃん、ちょっと考えてみ。『絵が下手や』って信じたのは、他人に言われたからやろ？」

「まあそうやな」

「じゃあ、他人の意見が正しいって誰が決めたん？　そもそも、お兄ちゃんは上手か下手かを基準に絵を描いてたんとちがうやろ。好きやからやろ？　他人の意見を信じるってことは、過去の記録に縛られて生きるってことと同じことやで」

「たしかに赤ちゃんのときは、『自分は絵が下手や』なんて記録はなかったわけやし。ただの記録か……」

「そういうことや。へんなことを信じただけやねん、お兄ちゃんは」

ということは、ぼくは他人の意見、過去の記録に振り回されて生きてきたってことやろか。もしそうやとしたら、すごい損をしている気になってきた。

「お兄ちゃん、ええこと教えたろか？　人間はな、自分の信じた記録以上にも、それ以下にも生きることはできひんねんで」

「どういうこと？」

「良くも悪くも〝自分が信じた通りに生きてる〟ってことや。ようするに、お兄ちゃんが自分のことを『あかん人間や』って記録してる限り、一生その通りに生きるだけやっちゅうこと。疑いもなくな」

「こんなに嫌な人生やのに、自分が信じた通りに生きてきたっていうんか…」

「まあ良い悪いはないで。お兄ちゃんがどう生きようと自由やけどな。でも、『あかん人間や』っていうのは過去の記録や。つまり、変えたければ変えられるっちゅうことや」

「えっ？　変えられるの！？」

「そらそうや。単なるパソコンの記録やねんもん。パソコンのデータなんてクリックひとつで削除できるし、書き換えることもできるやろ。それと一緒や」

なんてことや。記録を変えられるんかいな。でも、なんでちっちゃいおっちゃんは、ぼくが望まへんことをわざわざ記録するんやろ。もうわからんことだらけや。

「ちっちゃいおっちゃんはな、良い悪いは関係ないねん。お兄ちゃんが自分のことをどう思おうと関係ない。貧乏も金持ちも、正しいも間違いもない。ちっちゃいおっちゃんは素直なんや。お兄ちゃんが心で信じた通り、なんでもそのまま記録してるだけなんや！『これがお兄ちゃんの願いや！』と考えて、一生懸命パソコンに記録してくれてんねん！そして、記録した通りにお兄ちゃんの人生を動かしてくれてんねん！」

「なんか熱弁しはじめたな」

「ふぅ。せやな、ちょっとお茶でも飲もか」

この子の話を聞いて、ぼくはどうやら過去の記録に振り回されて生きてきたということがわかってきた。でも、自分が望むように過去の記録を変えられるらしい。ちょっと希望が見えてきた気がした。

ところで、この子の名前はなんていうんやろうか。これだけ話をしてるのにまだ聞いてなかったな。

「ところで、なんて名前？」

「私のこと？」

「他に誰がおんねん」

「私の心の中にもパソコン持った子がおるやん。めっちゃかわいいで！早く見せてやりたいわ。では自己紹介でもしょうか。えっへん！　私な、学校ではけっこう有名やねん。図書委員やってるからな」

「それはええから。はよ名前を言いや」

　これだけ言いたい放題やのに、名前に関してはすごい照れとる。やっぱりへんなやつや、この子は…。

「なんかはずかしいやん。えーっと、私の名前はな、『希望』って書いて〝のぞみ〟っていうねん。のぞみちゃんって呼んでか。で、お兄ちゃんの名前は？」

「なんかお見合いみたいやな。次に趣味とか聞くなよ」

「お兄ちゃんの趣味は切手集めと、お土産屋さんに売ってる鉛筆削りを集めることやろ」

「なんで知ってるねん」

「ちっちゃいおっちゃんの記録が見えるねんもん。まあ、名前も知ってるけどな。拓也っていうんやろ」

「わかるんやったら聞かんでもええやろ。というか、趣味や名前がわかるということは…ちっちゃいおっちゃんの記録が全部わかるってこと？」

「そうや。お兄ちゃんの考えてることがわかるように、これから先の未来もぜんぶ読めてしまうし。記録通りに生きるってことは、〝未来も記録通り〟ってことやからな」

「ということは、ぼくが十年後にどんな人間になってるかもわかるってこと？」

これがわかったらすごいことや。でも、さすがにそれはないやろ。そう思っていると、驚きの答えが返ってきた。


「もちろん。お兄ちゃんの十年後もわかるで」

「えっ！　わかるの！　じゃあ、ぼく金持ちになってるかな？」

「貧乏や」

「即答かいな。ちょっとはタメて言われへんかな…」

「拓也、よう聞きよ。いままでの話、ちゃんとわかっとんか？」

「もう拓也や。呼び捨てかいな…」

「私、キムタク好きやねんもん」

「なんの話や。まあええわ」

「こう考えてんよ。ちっちゃいおっちゃんが持ってる記録を変えたらどうなる？」

「記録が変わったら、そら人生も未来も変わるわな」

「そういうこっちゃ」

「けっこう単純やな。というかさあ、そもそもちっちゃいおっちゃんはいつ記録したん？」

「ほとんどが六歳までや。『三つ子の魂百まで』って言うやん。ちっちゃいおっちゃんの場合は六つ子の魂ってことやな」

そんな小さい頃の話、もう忘れてしもたな…。

「お兄ちゃんも六歳までは、ちっちゃいおっちゃんと会話しとったんやで。もう忘れてるやろうけど。その会話がすべて記録されていってんねん」

「記録ってどんな記録？」

「全部やんか！　習慣も全部ちっちゃいおっちゃんや」

「習慣もすべてということは…たとえば朝は何時に目が覚めるとか、朝は必ずコーヒーを飲むとか、朝晩必ず歯を磨くとか、そういうのも含めて全部の記録ってこと？」

「そうや。毎朝コーヒーを飲む習慣がある人は、飲まんかったらイライラするやん。

なにがなんでも飲みたくなるやろ？　あれ、誰がやってくれてると思う？」

「誰って言われても……」

「わかってへんな。ちっちゃいおっちゃんやんか。他にも、ちっちゃいおっちゃんは時計も持ってるで。毎朝同じ時間に目が覚めるのも、ちっちゃいおっちゃんがやってくれてんねん。ほんま忠実やわ。おおきに」

「あんな、ひとつ聞いてええか？」

「なに？」

「記録が未来も創るって意味がわからへんねんけど……」

「なんでや。いま答え言うたったやん。毎朝コーヒーを飲む人は、記録通りに毎朝飲むやん。未来は同じやんか」

「いや、そういうことじゃなくて……」

「どういうことやねん」

「せやから…さっきぼくは貧乏になるって言うたやん。なんの記録と関係してるん？　毎日お金を失うような習慣があるとは思えへんねんけど…」

「お兄ちゃん、毎日お金の心配ばっかりしてるやろ。『どうせお金持ちになんかなられへんし…』って考えてるやん」

たしかに、ぼくはお金の心配ばかりしている。だって、いまは働いてないから収入がないわけやし。でも、それって記録と関係してるんやろか。


「人間って毎日どれくらい考えてるか知ってる？ 八万情報も考えてるっていわれてんねんで。再生って意味わかるやろ。お兄ちゃんの場合、『お金がない』ってことばっかり、何百回も何千回も繰り返し考えてるってことや」

「再生って…たとえば、録画の再生とかいうやん。つまり毎日、記録から考えてるってことなん？」

「セイカーイ！ ちょっとわかってきてるやん。ところでお兄ちゃん、雪を見てどう思う？」

「雪？ じつはぼく、雪が嫌いやねん。高校生のとき、好きな子がおってんけど、はじめて告白したのが雪が降っている日で…学校やってんけどな」

ぼくは雪が嫌いになったあの日のことを思い出していた。思い出すとみじめになるから忘れようと思っているけど、いまでも鮮明に覚えている。当時の感情がよみがえってくるのを感じながら話を続けた。

「ぼくな、映画のチケットをにぎりしめて、ドキドキしながら好きやった子を誘ってん。『あのー、ぼくと映画に行かへんかな？　これ映画のチケット。もしよかったら受け取ってくれへんかな』って。そしたらなんて言われたと思う？『キモイ』って言われてんで！その日、ぼくはずっと雪の中に座ったままで、動かれへんかった。ショックのあまり、雪をボーッと見とった。なんか雪も寂しそうに降ってるような気がしてな。あれ以来、雪を見ると思い出して、女の子としゃべるのも怖いねん」

「ふーん」

女の子はぼくの話をつまらなさそうに聞いている。

「いや、『ふーん』って。同情して泣くとかないの？」

「あんた、こんなかわいい子としゃべってるやんか！なにが女の子としゃべられへんや」

「いや、子どもやなくってやな…」

「お兄ちゃん、それが記録からくる思考パターンや」

記録からくる思考パターン…。どういうことやろか。

「雪は雪や。それ以上でもそれ以下でもない。ただ雪が降ってる。それだけや。寂しそうな雪なんてあるかいな」

「まあそうやけど…」

「お兄ちゃん！　あんた自分で答え言うたやん。過去の記録のまま、いまも女の子と話ができひんねんやろ。それ、過去の記録が未来を創ってるってことやんか」

そう言われると、そうかもしれない…。

「でも雪に罪はないで。雪は雪ってだけや。でも、お兄ちゃんは雪を見ると、過去の嫌な記録がよみがえってくる。それが再生や。だから、その記録を変えへん限り、未来はもう決まってるねん。いまのままやと、お兄ちゃんは死ぬまで彼女ができひんってことや。わっはっは」

「ぼくは笑われへんねんけど…」

「私は笑えるで。だって雪好きやもん。お兄ちゃんのその記録がなかったら、雪を見てどう思う？」

「ほんまやな。雪が降ってるってだけやな」

「記録がなかったら、雪を見たときに嫌な気分にならへんし、嫌なことを考えようがないやろ」

雪は嫌なものって思い込んでいたけど、たしかに雪は単なる雪でしかない。雨が降ったら嫌やと思うけど、考えてみたら雨だって単なる雨でしかないし。なんかちょっとわかってきた気がする。

「好きか嫌いかなんて、そんなふうに決めてるだけや。人間の好き嫌いや、食べ物の好き嫌いもそう。全部記録や。外側の刺激を受けた瞬間に、過去の記録から考えとるんや」

「外側の刺激を受けた瞬間に、過去の記録から考えてる？」

「だってそうやん。お兄ちゃんは、雪を見た瞬間に『嫌や』って思ったやろ。外側の刺激は雪、感情は過去の記録や。刺激を受けてから感情が立ち上がるまで一秒もかからへん。早いもんや」

「ぼくらは外側の刺激に対して、過去の記録が自動的に再生してるってこと？」

「まあそういうことやな。思考は記録の再生や。この思考もなめとったらあかんで。めっちゃ強力なパワー持っとるから。お兄ちゃんが思ってる何十倍もパワーがあるねん。私も思考のパワーはなめとったわ」

「思考がパワフル？　どういうこと？」

「まあ詳しくは明日教えたるわ。記録のことに話を戻すと、けっきょく貧乏も記録ちゅうことやね」

「え？　そしたらぼくもお金持ちになれるってこと？」

「お兄ちゃん、ほんまにお金のことばっかりやな。お金のことを心配してる思考が未来を創るねんで。もちろん、その記録を変えたら、未来も変えられるってことなんやけどな」

「ということは…可能性があるってことなん？」

「当たり前や。どんな人生も自分で選択できる。それも自由にや」

そんなことが本当にあるんやろうか。もし本当やったら、みんな自分が望む人生を選択してるはずや。でも、実際には苦労して生きてる人が多いと思うんやりど…。自分の人生を自由に選択できるなんて、しょせん無理な話や。

「いま疑ったやろ？　それも記録やで。お兄ちゃんの〝限界〟っていう記録や」

「限界？」

「そうや、『そんなん無理やわ』って思ったから疑ってるねんやろ？　じゃあ、無理って記録がなかったらどうや？　そんなふうには考えつかへんはずやで」

なるほど…。ということは「無理や」っていう記録が可能性をブロックしてるってことか。

「どんな人生も自分で自由に選択できることはたしかや。その代わり、ちっちゃいおっちゃんと会えたら…やけどな」

「会わんとダメなん？」

「あんた、誰が記録してると思ってんねん！ ちっちゃいおっちゃんやんか」

「そしたらいつ会えるん？ 早く会わして〜な！」

「まだ早い！ 寿司くらいでなにを言うとんねんや！ 明日はたこ焼き買うてきてか。十二個入りやで。大たこ入りで、ソースにマヨネーズ忘れたらあかんで。青のりは歯につくから入れんとってよ」

「やっぱりそれか。もったいぶってほんまに…。それに細かいこと気にしてからに。小学生が青のりを気にするかちゅうねん」

「お兄ちゃん、乙女になんてこと言うねんな。歯に青のりつけて歩けいうんか！」

「歩いたらええやん。ちょっと流行りになるかもしれへんで。鼻輪つけてる子もおるやん」

「あれピアスって言うねんで」

「わかっとるわい！」

「はははは」

「ははははは」

「ほんなら明日また十二時にここやで」

ぼくは久しぶりに笑った。心の底から喜びがあふれ出てきた。

あの子と会って、なんか癒された気がした。自分の心が少しずつ軽くなってきたような気がした。

＊　＊　＊

明日はちっちゃいおっちゃんと会えるんかな？　いまの記録のままやと、未来も同じパターンの人生にしかならない。このことを、ぼくは気づきはじめていた。

ちっちゃいおっちゃんはパソコンにどんなことを記録してるんやろ。

もし会えたら、ほんとうに書き換えてくれるんやろか。あの子は「人生を自由に選択できる」って言ってたけど。

そうそう、あの子の名前、のぞみちゃんっていってたな。ぼくの望みを叶えてくれるために出会ったんかもしれんな。

というか、この話って子どもから大人までみんなの役に立つ気がするな。子育てしているお母さんも、社会で働くビジネスマンも。ぼくらは自分のことをたった五パーセントしか知らない。これがわかったら、みんなビックリするで。

さらに、六歳までに記録されるんなら、子育てもきっと変わるに違いない。

「子どもが変われば、未来が変わる」――。

ぼくは大きなビジョンが見えてきた。たった一日で、ぼくは明らかに変わりはじめていた。

のぞみちゃんと出会って以来、ぼくの心はずっとワクワクしている。

――【一章のまとめ】――

◇ちっちゃいおっちゃんとは、潜在意識のことである。
◇顕在意識が五パーセント、潜在意識（無意識）が九十五パーセント
◇記録（プログラミング）とは？

・成長過程で大きく影響される（親、兄弟、祖父母、教師など）
・人生経験によって影響される（自分自身、人生、環境）

◇潜在意識とは？

一、信念、行動、感情、イマジネーション、思考の宝庫だということ。
二、顕在意識と潜在意識を隔てる心の壁（クリティカル ファクター）が六歳まで開いているといわれている。よって六歳までに感情パターン、行動パターン、思考パターンが形成される。すなわち六歳までは催眠状態である（自信を支える信念、幼児期の批判は無価値感としてプログラミングされるなど）。完全に機能が発揮するのは十二歳ごろ。
三、すべての行動は心の命令であり、心に植えつけられた暗示の結果である。
四、五感を通じて体験したことはすべて記録される。毎日、八万情報を無意識に考えている。

二章

自分を好きになる

二日目。

「今日はオシャレでもして行こか」

そう思って鏡の中の自分を見た。すると、いままでと見え方が違うような気がした。ジーンズに真っ白のTシャツ。髪の毛にちょっとムースなんかつけて…。うん。なんかいい感じや。自分の姿を見て「いい感じ」なんて思ったんは何年ぶりやろか。

外に出ると、すごくいい天気でワクワクしている自分に気づいた。あっ、虹が出てる！きれいやなあ。

よく考えると、最近は虹を見ることすらなかったな。たぶん、虹が出てても下向いて歩いてたから気づかんかったんやろ。ほんま、なんてすがすがしい気分なんや。

そうそう、あの子にたこ焼き買うたらなあかんな。

「おっちゃん、たこ焼き十二個入り。ソースにマヨネーズ付きで。そうや。青のりは歯につくから入れんといて」

「兄ちゃん、そんな気にせんでも。青のりおいしいのに」

「ぼくが食べるのとちゃうねん。かわいい女の子やねん。いや…あんまりかわいいとはいわれへんかもしれんけど…」

「兄ちゃんやるなー。デートでたこ焼きとはおつやね。三個まけといたる。十五個や。兄ちゃんはりきってや。ハイ五百万円！」

「えっ、ほんま？　おっちゃんありがとう！　ハイ五百万円な。わっはっは」

それにしても関西人ってお金払うとき、「～まんえん」ってぜったい言うよな。あれも記録？　美容室のシャンプーで「かゆいところないですか？」って聞かれたら「お尻」とか言うし。でも、関西弁ってなんか味があると思うわ。ぼくは好きやな。

三個まけてくれたアツアツのたこ焼きを持って、ルンルン気分で公園に行った。

「あれっ、この公園って、こんなところにきれいな花壇があったかな？」

そう思い花を見てると、のぞみちゃんがうしろからぼくの肩をたたいた。

「お兄ちゃん。この花壇な、ずっと前からここにあったんやで。昨日もここにいたけど見えてなかったやろ」

「知らんかったわ」

たしかにこれまでまったく気づかんかった。ほんまにこんなところに花壇なんかあったんやろか。


「お兄ちゃんはこの花壇の前を何回も歩いてたんやで。心がきれいになってくると、きれいなものが見えるようになるんや」

「ぼくの心がきれいになってきたってこと？」

「そうや。さあたこ焼きちょうだい！」

「ハイ」

「キャー！　お兄ちゃん十五個やんか！　この三個は大きい成果やで！」

「突然なんやねん？　おっちゃんがまけてくれただけやんか」

「お兄ちゃん、その店でたこ焼き買ったことあるやろ。いままで三個多くくれたことってあった？」

「そういえば…月に一回くらいは買ってるけど、たしかにこんなことははじめてやな。で、それがなになん？」

「『なになん？』やあれへんがな。パターンが変わったんや。未来を変えたんや！」

「そんな大げさな。たった三個おまけしてくれただけやん」

「いままでなかったんやろ？　一日でたこ焼き三個も増やせたやなんて。あかん、すごすぎる。お兄ちゃん、思ったよりやりよるな。あんたすごいことになるかもしれんで」

ちょっと褒めすぎてないやろか。なにかの罠にでもはめられるんとちゃうやろな…。

「こういう変化は見逃したらあかんねん。この小さな変化が大きなことになるねんから。お兄ちゃん、あんたは世界をも変えるな。私もすごいやつと出会ってもうたもんや」

「あのぅ…もういいですか？　そのたこ焼きの話は…」

＊　＊　＊

このときぼくは、自分がどれだけ大きく変化していたのか気づいていなかった。たかが三個のたこ焼きに興奮しているのぞみちゃんのことを、このときはちょっとバカにしとったかもしれん。でも、いまぼくは講演で、みんなにこの興奮を同じように伝えているからおもしろい。

＊　＊　＊

「のぞみちゃん、今日はなんの話なん？ ひょっとして、ちっちゃいおっちゃんと会える日？」

「お兄ちゃん、今日は名前で呼んでくれるねんな。ちょっとうれしいで」

これには自分でも驚いた。無意識に名前で呼んでたんやから。

「これも変化やな。お兄ちゃんやったらもうちょっとでちっちゃいおっちゃんに会えると思うで。それにしてもこのたこ焼きおいしいわ。愛がこもっとるな」

のぞみちゃんはたこ焼きをひと口食べては上を向き、目をつぶって幸せそうな顔をしている。ほんまにおいしいんやろ。


「たこ焼きに愛があるかわかるん？」

「もちろんや。心を込めてつくったものかどうかはすぐわかるねん」

「なんで？」

「私な、すべてのエネルギーが見えるし、感じるねん。記録だけ見えてるわけやないで」

「それって超能力なん！」

「なんでもかんでも超能力や思たらあかんわ。本来、人間がみんな持ってる能力や」

「みんなってぼくも？」

「当たり前や。あんたも人間なんやから」

「ぼくは見えへんけど…。それに、たこ焼きに愛があるとかないとかも…」

「まあええわ。すぐにわかるときがくるから。さて、ほな昨日の続きいくで。昨日、思考がパワフルやって言うたやん。覚えてる？」

「外側の刺激を受けた瞬間、過去の記録から考えるっていう話やろ？」

「すごいやん。もう覚えてたん。やるなおぬし」

「のぞみちゃんの話おもろいから覚えやすいねん。というか忘れられんわ」

のぞみちゃんの話はすべてが驚きの連続で、忘れようにも忘れられるもんやない。

ぼくは自分でも気づかないうちに、のぞみちゃんの話に惹きつけられていた。


「思考パターンはわかったな。ほんなら次、心配症のことを教えたろ。心配性も記録や。過去に失敗したときの怖れの記録を引きずり、その記録から未来の心配を考え続ける思考パターンになっとるねん。じゃあ質問な。失敗したときに怒られへんかった子は、大人になって失敗したらなにを考えると思う？」

「失敗しても怒られるという怖れがないねんから…前向きな思考なんちゃうの？」

「その通り。これも過去の記録や。ほな次。言霊ってあるやん」

「うん」

「言葉もエネルギーやで」

言霊の法則とかいう本もあるしな。なんとなく聞いたことはある。

「普通な、言葉って他人に言うセリフやろ？　せやけどもっと大切なんは、自分になにを言うてるかやねん」

「自分に？」

「そうや。昨日、お兄ちゃんに『どんな人間や？』って聞いたとき、なんて言葉を吐いたか覚えてる？　あれも言霊や。自分で自分に言う言葉はいちばん大切なんやで」

そういえば…昨日聞かれたとき、「ぼくはあかん人間や。なにやってもうまくいけへんし、自信もぜんぜんない」って答えたな。でもそれが本心なんや。

「自分に対して『どうしようもない人間や』って罵詈雑言を吐く。**それを自分の悪口言うねん**。その言葉、ちっちゃいおっちゃんも聞いてるねんで。言葉には、**自分を好きになる言葉**、自己否定の言葉、罪悪感の言葉…いろいろあるやろ。自分で自分に『男前や』って言うたったら気持ちええやん。『自分は輝いてる』とか、『自信ある』とか、『できる人間や』とか。そんな言葉を自分に言ってあげたら喜ぶのに、『勉強ができへん』やとか『運動音痴』やとか、みんなと比べて自分で自分の悪口を言うやつが多いやろ」

言われてみると、ぼくは他人と比べて自分のどこが劣っているのかをずっと気にしてきた。そして、他人と比べて劣っていることに対して「自分はダメな人間や」ってずっと思ってきた。

「ちっちゃいおっちゃんも大変なんやで。記録するのもひと苦労やけど、それを現実に体験させなあかんからな。お兄ちゃんのパソコンの中、ものすごい情報やわ」

「じゃあ、どうしたらいいん？」

「いちばん簡単なのは、ちっちゃいおっちゃんを愛してやること。ほんで、自分の悪口をやめて自分を褒めてやることや」

「どうやって自分を褒めたらいいねん」

「ただ『愛してるで』って言ってあげるだけでもええねん。**いちばん大切なんはな、自分のことを好きになること。それから、自分がほんとうに好きなことを自分にさせてあげるのも、自分を愛してるっていうことなんや」**

自分に「愛してるで」と言い、自分の好きなことを自分にさせてあげる…。ぼくはこれまでの人生で、そんなことを自分にしてあげたことはなかった。

「お兄ちゃんが自分に対して『お前はあかん人間や』って悪口を言って、ちっちゃいおっちゃんが喜ぶと思う？　普通、自分の子どもにそんなこと言わんやろ。それより『愛してる』って言ったら、ちっちゃいおっちゃんはきっと喜ぶと思うで」

「まあそうやとは思うけど…。今日から言ってみようかな」

まさか自分に言う言葉が大切やとは知らんかった。他人に『バカ』とか言うたらあかんとは教えられたけど…。これは学校では習わへんことやな。

「えらい素直やん。もちろん、きたない言葉は他人に言ってもあんまりきれいなエネルギーやないで。でも、自分に言うのは、ちっちゃいおっちゃんに言うてるようなもんやから。自分の悪口を自分に言うて自信が出るか？　自分のことを好きになられへんやろ？」

「そう言われると…なんかちょっとずつちっちゃいおっちゃんのことが好きになってきたかも」

ぼくはちっちゃいおっちゃんに申し訳ない気持ちでいっぱいになってきた。これまで何千回、何万回ちっちゃいおっちゃんに暴言を吐いてきたやろ。考えてるとかわいそうになってきた。

「ぼく、ちっちゃいおっちゃんにひどい悪口を言うとったわ。ちっちゃいおっちゃんごめんやで。いままでありがとうな。ちょっと恥ずかしいけど…愛してるで」

そう言ったぼくは、なんかちょっとだけ心が豊かになった気がした。

「あっ！　いまちっちゃいおっちゃんが笑ったで。喜んでる！」

のぞみちゃんはぼくの胸のあたりを指差し、大声でそう言った。

「ほんま？　ちっちゃいおっちゃん、ありがとう！」

「ちっちゃいおっちゃん絶好調や。パソコンの記録が変わってきたで！　喜んでるわ」

ちっちゃいおっちゃんが喜んでいると聞き、すごいうれしくなった。

「ちっちゃいおっちゃんは『ありがとう』という言葉にも弱いねん。お兄ちゃんにやっと『ありがとう』って言ってもらえたから、感動して涙を流しとるわ。あっ、記録が消えていってる…」

「ちっちゃいおっちゃん泣いてんねや。早く会いたいな」

「もうちょっとやで。その前に、ひとつ大切なことを教えとくわ。感情、つまり自分の気持ちもパワフルやねん。でも、感情はちっちゃいおっちゃんやないねん」

「え？」

「ちっちゃいおっちゃんのもっと深いとこに、大きなおっちゃんがおんねん。そこに記録してるねん」

「ちょっと待って〜な。大きなおっちゃんてなになん？ それ初耳やん？」

「これはたこ焼きでは話できひんわ。お兄ちゃんまだ初級レベルやし」

のぞみちゃんはそう言うと、にや〜と笑った。


「ちっちゃいおっちゃんに会ってないのに、大きなおっちゃんはまだ早すぎるわ。大きなおっちゃんがおるということだけ覚えとき。まあ正確に言うと、大きなおっちゃんの下にはさらに偉大なおっちゃんもおるけどな。はっはっは！ それも全部自分や」

「？？？ なんか頭がこんがらがってきたわ」

「せやから初級のお兄ちゃんにはまだ早い。これは最後のお楽しみや」

「最後っていつなん？」

「お兄ちゃんには関係ない話。ちっちゃいおっちゃんからや。さあ、もとに戻るで。感情や。感情は良いも悪いもない。エネルギーや。だから、がまんするとあかんで。腹が立ったら、布団や枕を叩いて感情を出し切ること」

のぞみちゃんはそう言いながら、ボクサーみたいにパンチを打ち込む真似をしている。


「感情を出すいうても、エネルギーを動かすだけや。感情が立ち表れるのは他人のせいやないねん。みんな他人が自分を怒らせたと思ってるやろ。それが大きな間違いや。自分の中で感情が動いてるだけやから」

「自分の中で感情が動いているだけ？」

「問題は常に過去の記録や。そのうち感情もコントロールできるようになるから安心してええよ。雪の話でわかったやろ？お兄ちゃんは過去の心の傷で、雪が嫌やって感情を引き出してたわけや」

「ぼく、心の傷って多いねん。いじめにあってたこともあるし…」

「せやな。けっこう記録あるけど大丈夫や。傷のない人間なんておらん。みんなあるで」

その言葉を聞いてぼくは少し安心した。

「さあ、復習や。お兄ちゃんの人生を決めてるのは、記録からくる思考、言葉、感情。その記録に従って行動することで未来が決定するんや。心の法則やな。現実化のプロセスは、こうして心が現実化してるねん。せやから心を勉強しとかんと、未来を変えようがないやろ？　みんな内側を変えずに外側を変えようとするからうまくいかへんねん。よく他人や環境のせいにするけど、自分が見てる現実は過去の記録や」

「うん。なんかちょっとわかってきたような気がする。自分の人生って心が決めてたんや。ちっちゃいおっちゃんは忠実なんやな」

「そうやで。ただな。ちっちゃいおっちゃんは愛されたいねん。それだけは覚えとってよ」

のぞみちゃんはぼくを見つめて、真剣にそう語った。

「なあのぞみちゃん。今日はえらいまじめな話やったな。この講義（？）のタイトルは『笑って学べる心のおべんきょう』やろ。もうちょっと笑いを入れとった方がええんちゃうのん？」

「たしかに…。ちょっと真剣になってもうたわ。ごめん」

ぼくはいつの間にか、のぞみちゃんの笑いを求めていることに気づいた。つい二日前まで笑うことなんてなかった人生。それが、のぞみちゃんと出会って一瞬で変わったことに気づいた。

「明日はなに食べようかな」

「今日はもう終わりなん？　話が乗ってきたとこやん」

「お兄ちゃん、たこ焼きやで。しかもお茶がなかったやんか」

「あっ、ちょっとそこの自動販売機でジュース買ってくるわ！」

ぼくはそう言うと急いで自動販売機まで走り、オレンジジュースを買って戻った。

「はい、オレンジジュース」

「子どもはみんなオレンジジュースやと思ったんか？」

「嫌いなん？」

「そういう意味やない。これもお兄ちゃんの記録や」

「オレンジジュースが記録？」

「相手のニーズを聞いてあげることも大切にしいよ。みんな記録が違うからな」

「あっ、そういうことか。ほんまやな」

ぼくは無意識に「子どもが好きな飲み物はオレンジジュース」と決めつけてしまっていた。心の記録は、日常生活のあらゆる場面で自動再生していることが改めてわかった。


「ちょっとお兄ちゃん。えらい素直やん。わっはっは！」

「ほんまやな。わっはっは！しかも、いま気づいたんやけど、ぼくとのぞみちゃん、同じ格好して座っとるやん」

「ええこっちゃ。これを〝心開いた〟っていうんやで」

のぞみちゃんはぼくのほうに向き直り、改めてぼくと同じ姿勢、同じ格好で座り直した。

「相手に心を開くと、姿勢や言葉、声のトーンまで似てくるんや。お兄ちゃんは私に心を開いてくれるようになったんやな。ちっちゃいおっちゃんに会えるのも時間の問題や。ありがとう、心開いてくれて。おおきに」
「ぼく、心を閉ざしてたん？」
「ちょっとだけな。みんなあるねん。お兄ちゃんが悪いんやないで。自分を間違った人間やと思わんでいいし」

それを聞くとちょっと安心した。

「お兄ちゃんはめっちゃ愛のある人なんやけど、いじめられ、裏切られた昔の記録がお兄ちゃんの心を閉ざしたんや。『心を開いたら、また裏切られて傷つくかもしれへん』。そう思って、開きにくくしてただけや。みんな傷つくのが怖いねん。これを〝防衛〟ともいうねんけどな。そうやって裏切りを受けた子どもは、『人を信じたら裏切られる』って信念を記録するねん。せやけど、お兄ちゃんは私に心を開いてくれた。私を信頼してくれたってことや」

「そうなんや…。ぼく、ほんまのこと言うて、あんまり友だちがおらへんかったから…。のぞみちゃんのこと、なんか友だちのように思うねん。歳の離れた友だちやけど…」

最初に会ったときはへんな子やと思っていたけど、こうして話をするうちに、のぞみちゃんがかけがえのない友だちやと思うようになった。これはほんまや。

「ぼく、ほんまはすごいうれしいねん。子ども時代に戻って、友だちができているように感じる……」

ぼくはそう言うと、涙が次から次へとあふれ出て止まらへんようになってしまった。

「ええで。辛かったんやな。泣いていいよ。いっぱい泣き。子どものときの感情や」

ぼくは子どもの頃に戻った。いちばんほしかった〝友だち〟ができた。信頼できる友だち。ぼくの心は開放され、ゆっくりと開いていった。

「お兄ちゃん。ようやくここまできたな。もう大丈夫や。明日、ちっちゃいおっちゃんと会え

るで」

「ほんま！」

「ほんまや。もしかしたら偉大なおっちゃんとも会えるかもしれんな」

「その〜、何回も言うてますけど、偉大なおっちゃんてなんですの？」

「ふふふ。お楽しみや」

「まあええわ。これ以上突っ込んでもぼくが混乱するだけや。明日、なに食べたい？」

「お兄ちゃんに任すわ。ほな十二時に待ってるで」

「任す？」

「うん。楽しみに待ってるで！」

そう言うと、のぞみちゃんは楽しそうに走ってどこかに行ってしまった。そういや、のぞみちゃんは学校どうしてるんやろ。図書委員してるとかいうとるけど。まあいいか。


――――【二章のまとめ】――――

◇トラウマ（心の傷）

トラウマの体験は胎児期に受けたものも多い。胎児は次のようなことを敏感に感知する。

一、誕生を望まれていないこと（両親が「男の子だったらよかったのに」としゃべっているなど）。

二、誕生のための環境が好ましくない。

三、愛されなかったこと。

四、裏切り。見捨てられた。支配された。拒絶された。強迫観念。

◇思考、言葉、感情はパワフルなエネルギーを持つ。

◇人間にいちばん大切なのは「自分を無条件で愛すること」。

◇自分に言うセリフは潜在意識の中に記録される。

◇自分のセルフイメージを高め、自分を好きになることが大切。

◇潜在意識の自分に「愛している。ありがとう」と言葉に出して言うか、心の中でつぶやくと癒される。

◇人間の思考パターンは過去の記録の再生である。

◇思考、感情、言葉、信念（イメージ的概念）が現実化する。

三章　記録を消す

明日はなにを買っていこう。プレゼントも渡そうかな。なんか楽しなってきたな。彼女のプレゼントを選ぶときってこんな気持ちなんやろか。なんかワクワクするやん。

のぞみちゃんはなにをあげたら喜ぶんやろう。まだ小学生やしな…。人形なんか喜ぶんかな。でも変わった子やから、カメとかそんなんが喜ぶかもしれんな…。

ぼくはずっと彼女が喜ぶことがなになのか、そこに意識を集中させていた。すると、ふとイメージがわいてきた。

「ひまわりの花、太陽に向かって咲く花、こぶ茶、おにぎり、卵焼き、ソーセージ、海老フライ…」

これや！ひまわりの花をプレゼントしたろ！自分のインスピレーションに我ながら関心し、なんかうれしくなった。

そして、お昼はお弁当や。明日はお母さんに二人分をつくってもらおう。お弁当を食べるなら…そうや！　ドライブや！

…というか、これってなんやろ。記録じゃないよな。どこからこのアイデアがわいてくるんやろか。ぼくは不思議に思ったけど、それ以上に喜びが勝り、急いでお母さんに伝えにいった。

「お母さん、明日お弁当、二人分つくって！　おにぎりと卵焼き、ソーセージ、海老フライも入れて。水筒はこぶ茶やで」

ぼくがそう言うと、お母さんはすごいうれしそうやった。あんなに喜ぶ顔を見たんは久しぶりや。ぼくが笑ってるだけで、お母さんはこんなにうれしそうな顔するんや。いままでごめんやで。お母さん…。

たった二日間でいろんなことが変わりはじめてる…。

このことにぼくは気づいていた。でも、本当はいつでも変われたんとちゃうやろか…。

＊　＊　＊

三日目の朝。

お母さんがつくってくれたお弁当とこぶ茶を持って車に乗った。

お母さんが家の外に出てきて見送ってくれた。そういえば、昔はいつもお母さんがお弁当をつくってくれとったな。ありがとう。お母さん…。

よっしゃ、今日はサザンの曲でドライブといくか。おっと、忘れるとこやった。ひまわりの花を買わなあかん！

「すみません。ひまわりがほしいんですが」

「はーい。いらっしゃいませ。ひまわりですね。何本ですか？」

「一本…いや、五本にしようか」

「五本ですね。ではお代金は…あ、あのう、もしかして…拓也君？　中村拓也君じゃないの？」

「え？　そうやけど…」

「私…真理子。高校のとき同級生だった…藤原真理子。覚えてない？」

「えっ？」

女性は化粧するとすっかり大人に見える。わからんかった。あの雪の日にぼくを「ダサイ」と言った真理子だ。


「拓也君、私ずっと後悔してて…。あのときはごめん…」

「いや、ぼくもダサかったから！　別に気にしてへんし」

当時の感情がまたよみがえってきて、胸が苦しくなった。悲しくなった。そしてそのあと怒りが込み上げてきて、ちょっと怒ったような口調になってしまった。

「あのう…違うねん」

「なにがや？」

ちょっと仕返ししてやりたい気持ちになった。でも大丈夫や。もうぼくは心を開いたんやから。彼女を許そう…。

「あのとき、『拓也君に呼び出された』って友だちに言ったら、みんなついて来てしもてん。木のうしろでみんな見てて…私、恥ずかしくなって、ついつい心にもないことを…。ごめん。何回もあやまろうと思ったんやけど、ごめん…」

真理子はうつむいたまま、ほんとうに申し訳なさそうにそう語った。

「そうやったんか。真理子もずっと辛い思いしてたんやな。もうええよ。過ぎたことやん。気にせんでもええって！ほんまのことが聞けてうれしいわ」

さっきの悲しみや怒りの感情はすでに消え去り、本心でそう伝えた。

「ありがとう。これでようやく心がすっきりしたわ。ずっと後悔しとって」

ぼくは久しぶりに同級生と話がはずんだ。なによりも女の子とこんなに普通にしゃべることができたんが久しぶりやった。

いままで真理子のことを思い出すだけでも腹立ってたのに…。めっちゃ嫌なやつやと思とったけど、そんな子には見えへんかった。いや、ほんまはええ子やったんちゃうやろか…。

そんなことを考えながら、真理子に明るく声をかけているぼくがそこにいた。

「心が外側を見てる」――。真実は心の記録だけってことか……。

「え、いいの？　うん。ありがとう。じゃまた来るわ」

「うん！　あ、これひまわり五本。私からのプレゼント」

「じゃ、また友人として会おうな！　久しぶりの再会やしな」

真理子が笑顔で手を振ってくれた。

車に戻り、この二日間のことを考えた。たこ焼き三個の次はひまわり五本。それに真理子との再会。これは偶然やない。なにかが変わりはじめてる。

昨日は理解できんかったけど、のぞみちゃんが言っていたことが少しわかりかけてきた。

ぼくはすぐに過去の記録にアクセスした。雪の日を思い出した。

真理子は仕方なく「ダサイ」って言ってたんや。ぼくのことがきらいやったわけやないんや。

雪を思い出しても、嫌な気分がしないことがわかった。むしろ雪がきれいに見える。

記録が変わったんや。いや、正確には思い出は変えられへん。でも心の反応が変わったんや。過去の記録は常に真実とは限らへん。自分の思い込みの記録もたくさんあることに気づきはじめていた。

＊　＊　＊

公園についた。

「のぞみちゃーん！　こっちこっち。今日は車で海でも行かへん？」

「まじでー？」

「まじやで。ほら、乗りや」

「サザンの曲か。夏はやっぱり海とＴＵＢＥの前田君やろ」

「のぞみちゃん、小学生やのにめっちゃ詳しいやん。サザンやＴＵＢＥはぼくの世代の人が好きな音楽やと思てたわ。ＴＵＢＥに変えよか？」

「うそやがな。サザンもＴＵＢＥもどっちも好きや。乗って行くで！」

山の景色を見ながら、風を感じながら湾岸線を走った。波音が心地よく耳に届く。ドライブを楽しんでいると、まもなく海水浴場に着いた。

「お腹すいたな。そこの木陰に座わろか」

ビニールを敷き、お母さんが心を込めてつくってくれたお弁当とコブ茶を出した。

「これ、今日の授業料や。ハイ、お弁当」

「お兄ちゃん、とうとうここまできたか」

「なにが？」

「ちっちゃいおっちゃんを通り越して、偉大なおっちゃんにアクセスしたんや」

「？？？」

「これな、インスピレーションっていうねんで。直感や」

「ふうん」

そういえば、このアイデアを思いついたとき、その理由がよくわからんかったな。

「このお弁当、私が好きなもんばかり入っとる。ようわかったな。やるやん。そろそろ私が必要なくなるときがきたわ。お兄ちゃん、お母さんともうまくいってるねんな。

私うれしいわ。心こもってるで。このお弁当、愛がいっぱいや。ありがとう。お兄ちゃんのお母さんにもありがとう。おおきに」

　のぞみちゃんはそう言うと、涙をポロポロ流しはじめた。

「なんで泣きながら食べるんや。のぞみちゃんらしないな」

「うれしいねんやんか！　ほんまにおいしいねんもん…」

「そうか、喜んでくれたか。ぼく、ずっとのぞみちゃんが喜んでくれることを考えとったら、お風呂に入ってるときにアイデアが浮かんでん。ぴったりやったな。のぞみちゃんの顔を見とったら、人生の幸せって、誰かに喜んでもらったり、人の役に立ってるときやってわかったわ。昨日な、のぞみちゃんがこうして喜んでお弁当を食べてるところをイメージするだけで、こっちも泣きそうなくらい幸せやってん」

「うんうん」

「それから…ハイ！」

ぼくは隠していた五本のひまわりをのぞみちゃんに渡した。

「おおきに…」

のぞみちゃんは照れくさそうにぼくが渡したひまわりを受け取り、喜びを爆発させた。

「お兄ちゃん、パーフェクトやわ！　私、お花でいちばん好きなん、ひまわりやねん。おおきに…ありがとう」

人が喜んでいる姿を見るのがこんなに自分を幸せな気分にさせてくれるなんて、ぼくは知らんかった。ひまわりを渡したぼく自身がほんとうに幸せになった。

「お兄ちゃん、海っていいな。心が洗い流されてきれいになるような気がする…」

「泳ごうか？」

「私、水着持ってきてへんもん」

「じゃーん。ひまわりの水着やで！」

「なんや！めっちゃサプライズやん！」

「早く着替えておいで。お兄ちゃんはここで着替えるから」

「うん！」

何年ぶりやろう。いや何十年。海にきて、子どもみたいにはしゃいだ。笑った。とにかく笑った。周りから見ると親子に見えるんかな。ぼくは子どもがほしくなった。なんてかわいいんやろう。

海で思いっきり楽しみ、泳ぎ疲れたぼくたちはまた木陰に座った。すると、のぞみちゃんがぼくのほうを向いてこう言った。


「お兄ちゃん、そろそろちっちゃいおっちゃんと対面するで」

「来たかとうとう」

ついにちっちゃいおっちゃんと対面や。ちょっと緊張してきた。

「目をつぶって」

「うん」

「深呼吸して」

「うん」

のぞみちゃんの言葉に従ってゆっくり深呼吸した。少しずつリラックスしていく自分を感じた。


「呼吸に集中するんや」

「うん」

「頭から順番に力抜いていって。うん、そうそう」

ぼくの心の扉が開いていくのがわかった。

「ちっちゃいおっちゃん、さあ、出てきてええで」

のぞみちゃんがちっちゃいおっちゃんに語りかける。すると、突然ビックリするほど大きな声が響いた。

「呼ばれて飛び出てジャジャジャジャジャーン！やっぱりのぞみちゃんか。久しぶりやん。のぞみちゃんは心の扉を開く天才やからな」

「ちょっとそのフレーズどっかのパクリやん！ お兄ちゃん、もう目を開けてええで」

目を開けるとぼくは仰天した。なんでかって？ ほんまにちっちゃいおっちゃんやったから（笑）。


「たくちゃん会いたかったでー！」

ちっちゃいおっちゃんがぼくのほうを向いて、両手を思いっきり広げてそう叫んだ。いまにもぼくに抱きつこうとする勢いで。

「たくちゃんって…。なんかはずかしいな」

「ぼくはたくちゃんのこと、たくちゃんよりも知ってるねんで」

「あのう、あんたがぼくの心の中でパソコン持って記録してたん？」

「そうや。これ見てみいな、たくちゃん。ごっつい量の情報やで。ほんまに重たかったわ。最近、ちょっと軽なってきた思たら、やっぱりのぞみちゃんやったんやな」

ちっちゃいおっちゃんはそう言うと、のぞみちゃんにピースサインを連発している。なんかおもしろそうな人や。

「ちっちゃいおっちゃんとのぞみちゃんて知りあいなん？」

「たくちゃん知らんの？　この子、ちまたで〝天才子どもセラピスト〟って言われてんねんで」

「えっ、ほんま？」

「ぼくの友だちの間では有名やな」

「そんなに褒められたら照れるやん。もう一回、言うてくれる？　わっけっは」

「のぞみちゃん相変わらずやな。美人やでー！」

「え？　なんて言ったん？」

「聞こえとるやろ？」

「なに言うとんねん。褒められたときは、聞こえんふりしてもう一回言わすねん。これ、G-nius5では常識やで」

「G-nius5⁇」

「まあええ。ほんならちっちゃいおっちゃん、あとは頼むで」

ぼくたち三人で話していると、のぞみちゃんが突然そう言った。

「えっ、のぞみちゃんどこ行くん？」

「私の役割はここまでや。お兄ちゃん、あとは自分の力やで。ひとつだけいいこと教えたるわ。お兄ちゃんは変わったんやない。**お兄ちゃんはもとに戻ってきてるんや。ほんとうの自分にな。**今日いっぱい笑ったやろ。楽しかったやろ？希望や可能性が見えたやろ？自分のこと、ええやつやと思ったやろ？やさしさ、誠実さ、無邪気さ、前向きさ…。そっちがほんまのお兄ちゃんやいうことや」

「ちょっと待ってえな！」

のぞみちゃんはそう言い残して去っていった。ひまわりの水着を着たまま。ここに服ぬぎすてて…。

（カッコええ別れ方したから、服を取りに戻りにくいな。ハックション…クシュ）。

「さあ、たくちゃん行くで！なにから検索する？」

「なにからって？」

「自分、そのためにぼくを呼んだんやろ？　間違えて記録した項目と痛みの感情の浄化やがな。おっ、雪の記録は変換しとるな。自分でやったんか？　やるやん」

ちっちゃいおっちゃんはそう言ったあとも、ぼくの肩を「やるやん、自分やるやん」と言いながらぐいぐい押してきた。


「あのぅ、率直に聞いてもいい？」

「なんや？」

「ぼく、貧乏の記録があるらしいねんけど……。それ検索してもらえる？」

「なにも恥ずかしがらんでええやん。自分、絶好調に貧乏まっしぐらやで。ぼくもな、六十兆個の細胞と一緒にめっちゃがんばってるで！　ええ感じや。ここまでお金を受け取りたくないやつもめずらしいわ」

「いや、ほんとうは受け取りたいんですけど……」

「なに？　そんな記録なかったで。ちょっと待ってよ。たくちゃんの願いはやな……（カシャカシャカシャカシャカシャ）」

ちっちゃいおっちゃんは『お金』についての記録をパソコンで検索しはじめた。

「ごっつい量やな。いっぱい検索が上がってきたで。どれどれ」

パソコンの画面に、お金についての記録がとめどなくあふれ出てきている。

「たくちゃんのお金の記録はパワフルやで。ほれ見てみ」


画面をのぞき込むと、大量の文字がずらーっと並んでいる。

「『ぼくはお金持ちが嫌い』やろ、『ぼくはどうせがんばっても好きな仕事につけない』やろ、『お金は罪や』やろ、それから『ぼくは自立できひん』『お金って汚い』『芸術家は苦労する』『お金は死ぬほど働かんと入ってこない』、それから、えーっと…というか、あんた多すぎるで。お金についてたくさん信じてるイメージがあるねんな」

「あのう、これぼくの記録なん？」

ぼくはお金持ちが嫌い
ぼくはどうせがんばっても好きな仕事につけない
お金は罪や
お金って汚い
ぼくは自立できひん
芸術家は苦労する
お金は死ぬほど働かんと入ってこない
…

お金に対してあまりにもマイナスイメージの記録ばっかりや。ほんとうにぼくが信じたことなんやろか。

「当然やん。ぼく、たくちゃんの心の中でずっと記録してるねんから」

「お金を持ってる人って違う記録なんかな？」

「もちろん。そういう人の心の中にも、ぼくと同じようにパソコン持ってがんばっとるやつがおるで。お金が入る情報がたくさん集まるようにみんな気合い入っとるわ。まあ、たくちゃんにはお金が入る情報は集まりにくいけどな」

「えっ、なんで？」

「たくちゃんの記録に、お金を受け取るようなデータがないねんもん。貧乏まっしぐらの記録しかない人間に、お金が手に入る情報を教えたら大変や。だから、ぼくがちゃんと管理して、お金持ちになりそうな情報が目や耳から入らんようにしてるねん。ぼくも苦労してんねんから」

ちっちゃいおっちゃんはそう言うと、ひたいの汗を振り払うしぐさをしながら、「あー大変、あー大変や」と繰り返している。なんか腹立つ。

「なんでいい情報をシャットアウトするねんな！」

「たくちゃんの願いを叶えなあかんからやろ。景気のいい情報や人間と出会ったら大変やんか」

「なにが大変なん？」

「金持ちになったらどないすんねん！　えらいこっちゃで。ぼくはなにがなんでもたくちゃんの願いを叶えることが仕事やねんから。たくちゃんのことが大好きやねんで」

「あのなあ、ちっちゃいおっちゃん。良い悪いの区別はわからんのんかいな？」

「良い？　悪い？　なんのこっちゃ？　なにをもとに良い悪いを判断するねん」

ちっちゃいおっちゃんは両手を横に広げ、クイクイと上に持ち上げながら「わかりまへん、わかりまへん」と連発している。

「だから、貧乏が悪くって、お金持ちが良いとか…」

「そんなもんあるかいな！　そんなことしたら、ぼくがたくちゃんの人生を決めることになるやんか」

「あ、そういうことか…」

「ぼくはたくちゃんのことが大好きやねんで。だからパソコンの記録には逆らわへんし、良い悪いも、正しい間違いもなにもあれへん」

そうか。ちっちゃいおっちゃんはぼくが心に抱いたことをそのまま受け止め、パソコンに記録してるんや。じゃあ、望まない記録を消したり書き換えてもらうことはできるんやろか。

「なあ、記録を消してもいい？」

「消す？ 絶好調やったのに。たくちゃん、あと二年くらいで一文無しになって、家を出ていくストーリーになってたんやで。仕事が見つからんようにめっちゃがんばっとったのに。変えるん？」

「あかんの？」

「いや、ええけど…。めっちゃ楽しい貧乏ストーリーやったのに…」

ちっちゃいおっちゃんは残念そうな顔をしている。ぼくをそんなに貧乏にさせたいんやろか。

「消すのは自由やで。ぼくはたくちゃんの願いやと思ってかんばってきただけや。忠実にたくちゃんの記録通りの人生を創ってるだけ。でも、間違えたんやったらいつでも消すで。これはこれで楽しい人生やと思って楽しみにしとったんやけどな。ええ感じに貧乏ストーリーを突き進んどったんやけど…」

「消します！」

ぼくは声を張り上げてそう宣言した。だって、このままいくと一文無しになってしまう。しかも、ちっちゃいおっちゃんは、ぼくを全力で貧乏にしようとやる気をみなぎらせている。これはまずい。ほんまにまずい。


「じゃ、ほんまに消してええねんな」

「ハイ！お願いします」

「ほな言うてか」

「なにを？」

「のぞみちゃんに聞いたやろ？」

「ん？」

「ぼくを抱きしめて、『愛してる』って言うて。『ありがとう』って言うて。ぼく、その言葉に弱いねん」

ちっちゃいおっちゃんはうつむき加減で、照れくさそうにそう言った。

「しゃないなあ…。でも恥ずかしいな」

なんかぼくも照れてきた。というか、「好き」とか「愛してる」とか、これまで誰にも言ったことがないのに、どう見てもおっちゃんに向かってその言葉を伝えるというシチュエーションが恥ずかしすぎる。でも、これを言わんと記録が消えへんから、ぼくは意を決した。

「ちっちゃいおっちゃん、ありがとう。愛してるで」

「ええなー、この響き！よっしゃ！あかん。うれしいて涙が出るわ」

ちっちゃいおっちゃんは目をつぶって上を向き、「うれしいわ、ほんまうれしいわ」と言っている。そして、感極まってボロボロ涙をこぼしている。

ひと通り喜びに浸ったちっちゃいおっちゃんは、改めてぼくのほうを向くと、パソコンを差し出してきた。

「さあ、これでええで」

「もういいの？」

「そうや、簡単や」

パソコンをのぞき込むと、画面を埋め尽くしていた文字がすーっと消えてなにもなくなった。

「すごい。パソコンの記録が一瞬で消えてしまった。せやけど、なんでぼくはこんな記録をしたんやろ？」

「子ども時代の記録もあるけど、たくちゃんの場合はテレビが多いな。テレビを見てるときに信じたイメージや。最近でいうと、『百年に一度の不景気や』っていう記録も入ってたで」

「あ、そうか。ニュースで言ってたから」

「ニュースを見ても、たくちゃんが信じてなければパソコンには記録せえへんけどな」

「じゃ、真実じゃないの？」

「真実ってなんや？」

「いや、百年に一度の不景気って…」

「ほんなら世界中の人が全員、百年に一度の不景気なんか？　百年に一度の好景気って言うてる人も知ってるで」

「そんな人おる？」

「当たり前やん」

「ほなどっちが真実なん？」

「真実なんかあるかいな！　どっちも記録や。記録をみんな真実や思ってるだけや！　その記録が外側の世界を見てるだけや。まあ幻を見てるようなもんやで」

ちっちゃいおっちゃんはそう叫ぶと、決め台詞を言ったあとの役者のように満足そうな顔をしている。

「じゃあ、ほんとうは真実ってないん？」

「たくちゃんそしたらな。世間で認められる人ってどんな人間や？」

「有名な人とか成績のいい人とか、スタイルがよくてカッコいい人とか、お坊さんのように悟ってるような人とか、お金持ってるセレブの人とか、学歴のある人とか、浮気しないような人とか…」

「誰が決めたん？」

「えっ、違うの」

「正しい、間違いやないで。誰が決めたんやって聞いとんねん」

「誰って、みんなそう思ってると思うけど」

「真実なん？」

「たぶん…」

「ほんなら自給自足で暮らしてる部族の人間はどうや？」

「それは、学歴のある人や有名人ではないと思うけど…」

「この人たちはあかん人か？」

「あかんとは言わへんけど、まあ世間で成功者といわれてるような人間ではないかも…」

「ほんま？」

「うーん…。いや…わからん」

「じゃあ、なにが真実なん？」

「たしかに、生まれた環境によって記録は違うわな」

「じゃあ、真実はなに？」

「自分が生まれてきて、テレビや周りの環境や両親、友だちによって信じたイメージを勝手に真実やと思い込んでるってこと？」

「えらい！　たくちゃん！　そういうこっちゃ。だからみんな真実は違うってことや。コンピューターの中の単なる記録にすぎひんねん」

「なんかニュートラルになった気分やな」

ちっちゃいおっちゃんはまるで誘導尋問してる刑事みたいにぼくを追い詰め、そして答えを導き出してしまった。やるやん、ちっちゃいおっちゃん…。

「ニュートラルになり、世間の常識や過去の記録から開放されたうえで、『ワクワクするビジョンってなに？』ってことやな。せやけどたくちゃん、あんたにはまだまだぼう大な記録があるで」

ちっちゃいおっちゃんはパソコンをカシャカシャやりながら、大げさにビックリしたりしている。

「あのう、ぼくの記録ってどれくらいあるんですか？」

「そらすごい情報や。正直に言うて、もうこのパソコンパンパンや。たくちゃんがお母さんのお腹の中におるときから、ずっと記録してるからな」

「お腹にいるときから？」

「そうやで。たとえばお母さんが心配しながら十ヶ月を過ごすか、愛情を持って十ヶ月を過ごすかだけでも記録が変わるんや」

「ちっちゃいおっちゃんってすごい仕事してるねんな」

「大きいおっちゃんはもっとすごいで。それ以前の記録もあるし」

「それ以前って、生まれる前？」

「そうや、もっと前の記録や。大きいおっちゃんは二百回くらい生まれ変わっとるからな。ぼくにもそれはようわからん。ぼくはちっちゃいおっちゃんやから」

「えー？ それって前世の記録かいな？」

「そうや。もう当たり前のことやで。もっと言うと、宇宙がはじまってから人類すべての記録もある。集合意識ともいうけどな。ぼくはその記録は管轄してへん。大きいおっちゃんがやってくれてる」

「あかん。もう今日は寝られへん。すごいことを聞いてもうた……」

「大丈夫や。ぼくのこと愛してくれたら、大きいおっちゃんも喜ぶから。これ覚えとき」

「ぼくは、ほんまに自分のこと五パーセントしか知らんかったんやなあ。でも、自分が望んでない記録もあると思うねんけど。ちっちゃいおっちゃんにそれがわかったらええのに」

それがぼくの素直な思いやった。自分が望むものだけを記録し、望まないものは記録してくれへんかったらどれだけ楽やろうか。

「たくちゃん、それだけはわからへん。でもな、感情が弱いイメージは、一応キープしてるだけやからぼくも迷うわ」

「えっ、感情？」

「そうや。感情って大切やねん。感情が強いイメージやったら、『これがたくちゃんの夢や！』って思てめっちゃがんばるで」

感情が強いイメージか。ここ数年、強く感情を抱いてることなんてあったかな。

「たとえばたくちゃん、最近髪の毛抜けてきたやろ。えっへん。あれ、ぼくやで。毎日、髪の毛が抜けてるイメージをぼくに送ってきてるやん。それもすごい感情で。『ギャー！　また抜けてるー！』てな。ぼく、一生懸命たくちゃんの髪の毛を抜いてるねんから。やるやろ」

「ちょっと！　なんてことするねんな！　鏡を見ながらめっちゃ落ち込んでるねんから」

まさか髪の毛までちっちゃいおっちゃんの仕業やったとは。ほんまいらんことしてくれるわ。

「落ち込んでるかどうか知らんけど、感情のエネルギーはすごいで。だから、たくちゃんのために六十兆個の細胞に伝えて張り切ったんや。ぼく、ええ仕事してるわ」

ちっちゃいおっちゃんはそう言うと、「ぼくを褒めてや、な、褒めてえや」とせがんでくる。

「いやいや、褒めるわけないやん。というか…もしかして『髪の毛が生えてきた！』って強い感情でワクワクしながらイメージしたら、ほんまに生えてくるってこと？」

「そらそうや。なんやおもろい子やな。せっかく願いを叶えたっとるのに。また変えるんかいな。ぼく、好きとか嫌いとかわからへんし。イメージとエネルギーの強さしかわからへんねや」

「じゃあ、どうすれば髪の毛が生えてくるん？」

「目をつぶって、髪の毛が増えたイメージを送ってきてか」

ぼくは言われた通りに目をつぶり、髪の毛がフサフサになった姿をイメージした。髪の毛がフサフサで、風が吹くとなびいてる。髪の毛をかきあげると手の感触がサラーと通る…。イメージしてるうちにすごいうれしくなってきた。

「たくちゃん、ええ感じや！　どうや？　気分よかったか？」

「めっちゃフサフサでサラサラやった。手に髪の毛の感触まで残ってる。はんまに増えたような気がしたわ」

「うん。それでええねん。ほら、パソコン見てみ。記録が消えてるやろ。六一兆個の細胞にも伝えといたで」

「えっ！　これでええの？」

「うん。また明日、髪の毛を見て、『ギャーやっぱり薄いやん！』とか言わんかったらこのまま記録通りにいくし」

「わかった。毎日やってみるから。ちっちゃいおっちゃんよう聞いといてよ！」

そうか、ちっちゃいおっちゃんは「嫌や」と否定しても、そのイメージだけを受け取ってるねや。なんかすごいことがわかってきたで！

そしたら「貧乏は嫌や」と感情を使えば使うほど、ちっちゃいおっちゃんには貧乏のイメージが強く届いてたってことか。抵抗してる方にエネルギーが動くんや。それも毎日、集中してるところに。

ぼくは「どうなりたいか」ではなく、「どうなりたくないか」ばっかりイメージし、さらに感情を使ってそこに集中してた。

あかん。ぼくの人生、明日から変わる。変える方法を知ってしもた。でも、これって知らん人もたくさんおるんちゃうやろか。世の中には、ぼくと同じように「どうなりたくないか」ばっかりイメージしてる人が多いはずや。

これや。ぼく、みんなにこれを教えたらなあかん。世の中、みんな抵抗しとる。嫌なことばかり考えてみんな抵抗しとる。

わかったぞ！　ぼくは自分がほんとうにワクワクすること、自分のハートがほんとうに望むイメージを強く思い浮かべていた…。

「たくちゃん、なにワクワクしとるん？　やばい！　感情めっちゃ強いやん！　これ早よ記録せなあかん！カチャカチャカチャ…『ぼくは多くの人に幸せになるコツを教えてる』『みんなめっちゃいい笑顔』『自分の人生を生きてる』『ぼくは輝いてる』『みんなに喜ばれてる』『多くの人からありがとう、たくちゃんって声をかけられている』…よっしゃ入力完了や！」

「ぼくわかったわ。どうやったら望み通りの人生になるんか。ちっちゃいおっちゃんありがとう！　ぼく、ちっちゃいおっちゃんのことを勘違いしとった」

「なんのこっちゃ？　ぼく、なんかしたか？」

「とにかくわかったんや！　ちっちゃいおっちゃん、早く他の記録も見せて。それも強い記録や」

「なんかわからへんけど、いまのたくちゃんのエネルギーすごいで。おっちゃんうれしいわ。ほな検索するで。カチャカチャカチャカチャ…」

ちっちゃいおっちゃんは無条件で検索しはじめた。すると、ぼくの記録が際限なくパソコンの画面に表れはじめた。

「ピーマン苦い」
「人生って大変」
「信じると裏切られる」
「遅刻すると怒られる」
「いつも一番でないと愛されない」
「七時間眠らないとすっきりしない」
「男は泣いたらあかん」
「仕事を見つけるのは大変」
「関西人はうるさい」

「人としゃべると緊張する」

「なんでもがんばらねばならない」

「他人に勝たねばならない」

「貧乏人はバカにされる」

「楽しんだらダメだ」

「食べたら太る」

「女の子はおとなしいもの」

「失敗したら怒られる。失敗は許されない」

「自分を見せたらバカにされる」

「自分の意見を言うなんて十年早い」

「断るのは悪いことだ」

「世の中は完璧を求めている」

「みんなに認められないと自分の価値がない」

「のんびりしてたら負けてしまう」

「カッコいい人だけが女の子にもてる」

「学歴がないと認められない」
「批判されるのはぼくが悪いからだ」
「相手を変えるのは、怒るしか方法がない」
「この時期なると花粉症になる」
「苦労してこそ人生だ」
「人に甘えるのは卑怯だ」
「夢が叶うのはひと握りの人間で、ぼくは無理や」

「まだまだこんな検索もあるで」
ちっちゃいおっちゃんはそう言うと、検索条件を変えた。すると、「…であるべき」という記録が大量に出てきた。もう出るわ出るわ。ぼくはどんだけ記録を持ってるねん。

「男とはこうあるべき」

「女とはこうあるべき」
「仕事とはこうあるべき」
「人生とはこうあるべき」
「妻とはこうあるべき」
「夫とはこうあるべき」
「人間とはこうあるべき」
「人間関係はこうあるべき」
「教師とはこうあるべき」
「上司とはこうあるべき」
「部下とはこうあるべき」
「子育てはこうあるべき」
「医者とはこうあるべき」
「主婦とはこうあるべき」
「家族とはこうあるべき」

「こういう検索はどないや？　まだまだぎょうさんあるで」

ちっちゃいおっちゃんはそう言って、また検索条件を変えた。すると、また別の記録が出てきた。

〜であってはならない
〜しなければいけない
〜してはいけない
……

「たくちゃん、全部出してたらあと十年くらいかかりそうやけど…」

「『こうあるべき』『〜であってはならない』っていうのも記録なんや」

「まあ、そういうこっちゃな。同じ条件で検索しても、一人ひとり違う答えが出てくるで。せやけど、違うからおもしろいっていうのもあるしな。みんな一緒やったらおもしろないやん。みんな同じ価値観ってことやし。ひとつ大切なことは、誰が正しい、誰が間違いっちゅうもんはないってことや」

「検索して出てきた記録はぼくがずっと思い込んでいたもので、まったく疑ったこともなかったわ。これすごいな」

「そらそうや。ぼく、たくちゃんの記録通りに動いてんねんから」

ちっちゃいおっちゃんは「真実はただの記録や」って言った。その意味がわかった気がした。

「ぼくの思い込みは単なる過去の記録や。真実じゃない。ぼく、いまから変わるで。これから自分を卑下するような記録を見つけたら、自分に対してこう言うわ」

ぼくはいい言葉を思いついた。この言葉を自分に対して言ったら、思い込みの記録を消し去ることができる。必ずできる。そう信じて、ぼくはこう言った。

「それって真実なん？」

すると、パソコンの画面から思い込みの記録がすーっと消えていった。

「消えたで！やっぱり思った通りや！」

「たくちゃんが信じてへん記録はすぐ消さなあかんからな。これもぼくの仕事や」

「ちっちゃいおっちゃんありがとう！すごい可能性が見えてきたわ。なんでもできそうや！」

ぼくはワクワクして仕方がなかった。思い込みの記録を消す方法がわかったんや。ほんの数日前まで希望なんてなかった。未来に絶望しとった。でも、いまは違うで。未来は可能性の宝庫や！

「おっ、たくちゃんすごい感情や。『自信がない』って記録を早く消さなあかん！他にも『ぼくの未来には可能性がある』『ぼくはなんでもできる』…カチャカチャカチャカチャ。よっしゃ！記録を消したで！これがほんまのたくちゃんや。最初は誰もが完璧やった。なにひとつ記録がなかったんやから。無限の可能性があった。ぼくはたくちゃんをもとに戻しただけや。これが最初のたくちゃんやで」

ぼくはちっちゃいおっちゃんと抱き合った。力を込めて、おもいっきりちっちゃいおっちゃんを抱きしめた。

「な、な、なんやたくちゃん。ぼくもなんかうれしいわ」

「あっ、記録がどんどん消えていく…」

＊＊＊

気づいたら海辺で目が覚めた。ちっちゃいおっちゃんはもういなかった。

ぼくはちっちゃいおっちゃんと出会った。そして、すごいことがわかった。みんな違っててもいいんや。自分が正しいと思い込んでるから周りが間違っているように感じ、言い合いをしていただけやった。相手を受け入れ

ることも大切やとわかった。

「自分が正しい」ということは記録やった。でも、ぼくの場合、言い合いになったら自分が間違ってるように感じてた。そうやないんや。どっちも記録なんや。

いままで外側で見て、感じてたものってなんやったんやろ。自分の真実は、他の人にとっては真実やない。その逆もありきや。

海の向こうに夕日が見える。なんてきれいなオレンジ色…。ぼくの心はすっきりしていた。心が軽くなった気分や。いままでとなにかが違う。

「お兄ちゃん！ ようやく起きよったか！」

突然、大声で話しかけられたからドキッとした。横を見ると、のぞみちゃんがぼくの顔をのぞき込んでいる。

「なんや、どっか行ったんちゃうんか？」

「カッコよく去りたかったんやけど…私、乙女やで。こんな美人が水着を着たまま町歩いたらどうなると思うねん」

「…どうもならんと思うけど」

「乙女になんてこと言うねんな、ほんまに。それはそうと、ちっちゃいおっちゃんに出会ってどうやった？」

「すごい癒されたわ。のぞみちゃんも毎日、自分の中の子に会ってるん？」

「もちろん。毎日ハグハグしてる。『愛してるで〜』って言うたらめっちゃ喜びよる」

「ちっちゃいおっちゃんも感動して泣いてたわ」

「そうや。それがコツや」

「のぞみちゃんの心の子にも会いたいな。なんか美人や言うとったけど」

ぼくがそう言うと、のぞみちゃんは何度も首を振った。


「あかんあかん。お兄ちゃん、会ったら惚れてまうで」

「そんなに美人なん？」

「そうや。心がきれいになればなるほど美人になるねん」

「じゃあ、ちっちゃいおっちゃんもカッコよくなるんかな」

「当たり前やん」

「じゃあ、キムタクみたいになる？」

「ならん！」

「相変わらず即答ありがとうございます」

そんな会話を交わしながら、ぼくたちふたりは笑いあった。ここ何日かで、ぼくは笑うことがごく普通になっている。これまで笑うことなんてほとんどなかったのに…。

「とにかく深呼吸を覚えとき。そしたら、ちっちゃいおっちゃんにまた会えるから」

のぞみちゃんはそう言うと、大きく息を吸い込んで吐く深呼吸を真似してみせた。

「うん覚えとく。それにしても人間の心の中は記録だらけやな。自分の記録を見て驚いたわ」

「そうや、ハンパやないで。とくに心のトラウマはちっちゃいおっちゃんも傷ついてるねんから」

「自分に対して言うセリフは、ちっちゃいおっちゃんに言うてるねんもんな。これからは自分のことを大切にするわ。そしたら、ちっちゃいおっちゃんを大切にすることにもなるしな」

ぼくがそう言うと、のぞみちゃんが「あっ」と言ってぼくの胸のあたりを指差した。

「いま、ちっちゃいおっちゃん笑ったで。あっ、今度は泣き出したわ。お兄ちゃんのいまの言葉がうれしかったんやで」

「グスッグスッ……」

ちっちゃいおっちゃんが泣き出したって聞いたら、なんかぼくまでうれしくて涙が出てきてしまった。


「お兄ちゃんが泣かんでも……」

「うん。ありがとう」

「いま誰に言うたん？　私？」

「ちっちゃいおっちゃん」

「……」

「冗談やんか、のぞみちゃん」

「帰ろうか？　お兄ちゃん」

「せやな。寒くなってきたからな。なんか体が冷えてきたわ」

「お兄ちゃん知ってるか？イマジネーションの力で体温を上げることができるねんで」

「うそやん」

「ほんまやって。人間の未知なる可能性はイマジネーションってことやな。人間ってすごい力を眠らせてんねん」

「ぼくにもそんな力があるの？」

「もちろん。みんな持ってる力やで。『想像して創造する』って知らんのかいな」

「なんやそれ？」

想像して創造する…。聞いたことはなかった。


「あんたビックリやわ。まだ読んでへんの。あれはええ本やったで。なにがええいうて、とにかくおもろいねん。読んでへんって論外やわ」

「その本にイマジネーションのことが書いてあるの？」

「そうや。これは内緒やけど、私、あの本を書いた子と友だちやねん。私との会話を本にしてビックリしたわ。最近会ってないけど、噂では笑いの腕を上げたらしいわ。

わっはっは」

「笑い？」

「お兄ちゃん、笑いのすごさを知らんな。笑うだけで脳活性や。免疫力が上がんねん。若返るしな。この眠ってる能力を引き出すのは、笑いとイマジネーションってことやねん」

「ぼくもそれ聞きたいな」

「ふ〜ん。き・き・た・いって？」

のぞみちゃんはそう言いながら、にや〜っと笑っておねだりする表情をしてる。ほんまわかりやすい子や。


「わかった。なにがほしいねん。寿司か？うな丼か？」

「言うとくけど私、子どもやで」

「だから？」

「子どもは三時のおやつって決まってるやん。明日はおやつ付きや」

「じゃあ、まんじゅうでも買うてくるわ」

「嫌や！」

「なにが嫌やねん。おやつやんか」

「あかん。お兄ちゃん、子どものおやつには定義があんねん。そんなことも知らんと大人になったんかいな」

「その〝定義〟も単なる記録やんな？」

ぼくがニヤニヤしながらそう言うと、のぞみちゃんは売れない漫才師のようにふざけて見せた。

「こりゃ一本取られたな。たくちゃんようわかっとるやん」

「で？」

「ケーキに決まってるやん！」

「定義って…。えらいひっぱるわりにシンプルにきたたな。期待してたのに」

「ごめん。いまちょっと笑いのネタが思いつかへんかった…」

「ところで体温の上げ方は？」

「ハンバーグ弁当もお願いいな。お茶もやで」

「……」

＊　＊　＊

車でいつもの公園まで戻り、のぞみちゃんとそこで別れた。そして、家に帰ったぼくは、今日一日の出来事を振り返るために近所を散歩することにした。

散歩の途中に財布を拾った。中を見ると、なんと百万円くらい入っている。こんな札束を見るのは生まれてはじめてやった。

こんなところで落とすなんて、考え事でもしてたんやろか。いや、ちょっと待てよ。意識して財布は落とされへん。ということは…無意識や。これもその人の記録かもしれへんな。そして、この財布を拾ったぼくは貧乏の記録が消えたんや。そのことに気づいてうれしくなった。

人生に偶然なんかない。必然や。人との出会い、お金との出会い、物との出会い…。すべての経験は偶然なんかやないんや。自分の記録が未来を決めてる。記録が同じパターンを繰り返すんや。自分が悪いわけやない。ただの記録や。

貧乏の記録が消えると、こうして財布を拾ったりするんか。ぼくはこの先どうなるのかワクワクしながら警察に届けに行った。

警察官もニコニコして受け取った。

「今日はいいことしたな。なんてすがすがしい一日なんや」

そう考えながら歩いた。いつもと同じ道を歩いとるのに、すべてがきれいに見える。景色が違って見える。

のぞみちゃんが「心の美人」って言ってた意味がわかってきたような気がするわ。**外側の世界をどう見るかは、心が決めてる。**心が先なんや。外側の世界を見た瞬間に過去の記録で考え、感じる。同じ事象に同じ反応心や。**心が変わると、外側の世界は違って見えるんや。**

ぼくはチャレンジしたくなった。自分の反応心を確かめたかった。ぼくの劣等感がほんとうに消えていたら、反応心も外側の世界も違って見えるに違いない。

ぼくは小さい頃から、幼なじみのマー君といつも比べられとった。彼の成績は優秀やった。スポーツも万能やし、ぼくはこの世で彼がいちばん嫌いやった。会うといつもみじめな気がしとった。

だから、できる限り会わんようにしてきた。マー君がぼくを遊びに誘うたびに断ってきた。でも、今日は久しぶりに会ってみようと思う。


「ピンポーン」

「はーい」

「おばちゃん、マー君おる？」

「たくちゃん、久しぶりやね。めずらしいやん。たくちゃんから来るなんて」

「マー君どうしとるんかと思って」

「マー君、たくちゃんが来てるよ」

おばちゃんがマー君を呼びに行った。すぐマー君がやってきた。

「たくちゃん、どうしたん？」

「最近どうしてるんかと思って」

「ま、まあ…あがりいな。お母ちゃん、たくちゃんの好きな紅茶を入れてあげて」

突然の来訪にマー君はちょっとビックリしてる。これまでマー君を避けてきたぼくが、いきなり家にやって来たんやから無理もないか。

「じゃあ、おじゃましまーす」

ぼくは自分の心を感じた。まったく反応していない。いままでマー君の顔を見ると嫌で嫌で仕方なかったのに、めっちゃいい人に感じる。

こういうことやったんや。マー君はずっといい子やったんや。ずっとやさしかったんや。ぼくの心がそう感じさせてくれへんかっただけやったんや。

心が変わると、外側に見えるものの感じ方が変わる。ぼくはそれを身をもって体感した。

「ちっちゃいおっちゃん、ほんまにありがとう」。ぼくは心の中のちっちゃいおっちゃんにつぶやいた。きっとまた感動して泣いてるで。想像すると、ちょっとおかしかった。

「たくちゃん、なんかいいことでもあったん?」

マー君の部屋に入ってくつろいでいると、不思議そうに聞いてきた。

「なんで?」

「なんでって。なんか明るくなったというか、顔の表情が違うというか……。いま、ひとりでぶつぶつ言って笑ってたやん」

「じつはめっちゃいいことあってん。だからマー君に急に会いたくなってな」

「たくちゃんはぼくのことを嫌ってると思ってた」

「昨日まではな。せやけど今日は違うで。謝りに来たんや。マー君、いままでせっかく誘ってくれてたのに、ずっと断っててごめんやったな」

「ど、どないしてん」

マー君はビックリした表情でぼくを見ている。


「まあ驚くわな。急にこんなことを言うても」

「ぼくのこと嫌いちゃうの?『勉強できるからってたいした人間やない』とか、『スポーツができてもスポーツ選手になれるわけじゃないのに』とか、ぼくにずっと言ってたやん」

「それな、マー君を批判してたんじゃないねん。自分を批判してたんやってわかってん」

「やっぱりたくちゃん変わったな」

「うん変わった。というより、本来の自分に戻ってきてん。だって生まれたときは劣等感なんてなかったもん。ぼくら仲良かったやん」

「小さい頃は、ずっと一緒に遊んでたよな」

「小学生くらいからや、みんながマー君とぼくを比べてきたんは。その頃から、ぼくよりなんでもできるマー君のことが嫌になってしもた。でも、いまは小さい頃の自分に戻ってる。ぼくはぼくでいいところもいっぱいあるってわかったんや。勉強は嫌いやけど、しゃべるのは好きやし、絵を描くのも好きやし、音楽も好きやしな。マー君と違ってもいいってわかってん。スポーツは苦手で足も遅いけど、唯一、水泳は得意や」

「ぼく、たくちゃんのこと憧れてたんやで。たくちゃんの描く絵がめっちゃ好きやったし。ぼくは一生の友だちやって思ってたのに、急に誘っても遊ばんようになって……。寂しかったで」

「ごめんな。でももう大丈夫や。また一緒に遊ぼうな。今度、釣りでも行かへんか」

「ええな、それ！　小さいとき、川に行ってお母ちゃんに怒られてたよな」

「ほんまや。わっはっは！」

ぼくらは思い出話で盛り上がり、心から笑いあった。仲が良かったあの頃のぼくらに戻っていた。そして、ぼくの心に劣等感はなかった。

ぼくは人間の好き嫌いも心の記録やと気づいた。**この世に嫌な人がおるんやない。嫌な人やと見る心の記録がそうさせてるだけやった。いちばん大切なんは、ありのままの自分を愛することやった。**

自分を愛せる人間だけが他人を愛せるんや。こんなに簡単なことやったなんて……。

自分を批判する人間が他人を批判する。この世に必要のない記録、それは自己卑下、自己批判、罪悪感、怖れ…。

＊　＊　＊

家に帰ると財布の持ち主が来ていた。「お礼に」と言って一割の十万円をくれた。

えー！　マジ？　記録が消えると、こうやって人生が変わるんや。ちっちゃいおっちゃん、ありがとー！

「変えたんはあんたやで」

「えっ？　ちっちゃいおっちゃん、いまなんか言った？」

ぼくのビジョンがわかってきた。これをみんなに伝えたら、みんなももっと幸せになれるはずや。夢は叶うんや。

ぼくは心に決めた。しゃべるのが好きやから、夢や希望、可能性、愛、癒しをみんなに伝えるんや。子どもから大人まで。

せやけど、どうやったらええんやろか。明日、のぞみちゃんに相談してみよ。

【三章のまとめ】

自分を愛すると幸せになる。
すべては心の反映である。
不必要なものは自己卑下、自己批判、罪悪感…。
心にあるのは、愛と怖れ、このふたつだけである。

意図と結果は常に同じ。
愛の意図（喜び、感謝、楽しさ）は愛を現実化する。
怖れの意図（妬み、罪悪感、自己否定、憎しみ）もまた現実化する。

心の記録が変わると現実が変わる。
この世に嫌な人はいない。嫌だと思う心があるだけである。
嫌いな人がいてもそれも許すこと。自分を許すことで、他人を許せるようになる。

顕在意識：普通のおっちゃん

潜在意識：ちっちゃいおっちゃん
集合意識：大きなおっちゃん
宇宙意識：偉大なおっちゃん

四章

イメージング

四日目。

ハンバーグ弁当とお茶、そしていちごケーキを持って公園にやって来た。でも、どこを探してものぞみちゃんの姿がない。

「のぞみちゃーん！　どこや？　また隠れとんねんやろ？」

「……」

「もうええから出ておいで。なにをたくらんどんねん」

「……」

「そうか。じゃあ、ケーキ持って帰ろうかな。とびきりうまいいちごケーキやったのになー」

「……」

「あれっ？　なんや、ほんまにまだ来てへんのか」

その後、三十分待っても、一時間待ってものぞみちゃんは来ない。これだけ待ってもダメやということは、もう来ない。そう思って帰ろうとした瞬間…。

「お兄ちゃん！　なんやそれ？　たった一時間で帰るん？　そらあかんわ」

「な、なんや、おったんかいな！」

「当たり前やん。ハンバーグ弁当といちごケーキを見逃す私やと思とったんかいな。私を見くびったらあかんで」

「なんの話や。ほんで、今日はなんでモモヒキをはいて、ハゲのカツラまでつけとんねん？」


明らかにおかしい。どう考えてもへんな子にしか見えへん。小学生の女の子がモモヒキはいてハゲズラ。のぞみちゃんはなにを考えとるんやろか。

「今日、この格好で電車に乗ってきてんで」
「ま、まさか！」
のぞみちゃんは「どや！」という勝ち誇った表情で、ぼくのほうを見ている。

「まあええ。お兄ちゃんのモモヒキとハゲズラも持ってきたから。今日はふたりでこの格好で話をしよか」

「モモヒキとハゲズラ…。なんか深い意味がありそうやな」

「ない。まったくない。ただのお笑いやんか。ほんま、まだわからんのんかいな」

「……」

「というかハンバーグ弁当。はよ出してえな。もう一時間も耐えとってんから」

のぞみちゃんはそう言うと、小さな手を差し出してきた。


「なんで耐える必要があるねん。すぐ出てきたらええやんか」

「お兄ちゃんを試しとったんや」

「試す？」

「夢を叶えた人間ちゅうのんは、あきらめへんかったやつや。それがなんや、お兄ちゃん。たった一時間。たった一時間やって。情けな」

「……」

「夢は叶えるまでのプロセスをどう楽しむかが大切やねん。せやのに、なんにもせんとジーっと座ったままで」

「……」

「結果よりプロセスや。夢を叶えるためにがんばる必要はない。どう楽しむかが人生や。お兄ちゃん、私を待ってて楽しかったか？」

「いや…」

「この公園、楽しむとこいっぱいあるのに。**夢を叶えた人は、夢を叶えるまでやった人のことをいうんや**」

のぞみちゃんにそう言われたぼくは、なにも言い返せなかった。夢を叶えた人は、夢を叶えるまでやった人のことをいう…。ぼくの胸に突き刺さった。

「まあええ。私もこれ以上は待たれへん。ハンバーグが腐ったら大変や。モモヒキって汗かいて熱いねんで」

「どうぞ、もう食べてください」

「やっぱり子どもはハンバーグやな！」

モモヒキはいてハゲズラかぶった子どもに言われてもなあ…。

「昨日、体温の話したやろ。覚えてるか？」

「イマジネーションで体温を上げられるって話やろ」

「なんでかわかるか？」

「湯たんぽを持つとか？　全身にホッカイロをつけるとか？」

「イマジネーションや言うてるやん。イメージの力や」

「冗談やん。想像して創造するやろ」

「よう覚えとるやん。じゃあ目をつぶって深呼吸して。ちっちゃいおっちゃんにイメージを伝えるで」

「えっ、ちっちゃいおっちゃん？」

「当たり前や。ちっちゃいおっちゃんはなんでも願いを聞いてくれるんや」

こうしてぼくは深呼吸をはじめた。そうや、ちっちゃいおっちゃんとの会話はリラックスが基本や。呼吸はとても大切なんや。

目を閉じて、全身の力を抜いて深呼吸し、緊張を手放した。すると、心の扉が開いた。あっ、ちっちゃいおっちゃんがこっちを見た！　相変わらずパソコン持ってる。

「なんや？　たくちゃん？」

「なんか知らんけど、のぞみちゃんの言う通りにイメージするから頼むで」

「よっしゃ、まかせとき！」

ちっちゃいおっちゃんはやる気満々や。ちっちゃいおっちゃんにお願いしたら、ほんまになんでも叶えてくれそうな気がする…。そんなことを考えてると、のぞみちゃんが話しはじめた。


「お兄ちゃん、私が言うようにイメージしてや。ほないくで。今日はむちゃくちゃ暑い夏の日や。太陽が照りつける猛暑で、気温は三十八度くらいある。お兄ちゃんは旅行で温泉へやってきた。浴衣を着た人がいっぱいおるわ。

それにしてもとにかく暑い。もう汗だくや。暑いのに、さらに熱いお茶が目の前にある。それを飲んでみ。熱いお茶が喉から身体に入っていく。そしたら身体がさらに熱くなって汗がどっと噴き出してきた。

お兄ちゃんは真冬の服を着て我慢大会をしとる。真っ黒の帽子かぶって、ぶ厚い黄色のジャンパーを着て、鍋焼きうどんを食べはじめる。ふーふー言いながら。汗ぶるぶるかきながら…。熱いで熱いで〜。足を見てみ。足湯まであるわ。バシャバシャ音立てながら、足で熱を感じて、身体で熱を感じて…。うどんも熱いで〜。真夏やからな。ジリジリ照った太陽を見て。もうカンカン照りや」

ぼくはイメージの中でアツアツのうどんを食べた。足を感じたら、熱いお湯の感触もある。帽子が汗でむせる。身体がめちゃくちゃ熱くなってきた。そして二十分くらいイメージしたら、汗が出てきた。

「はい！目を開けてええよ」

「ふう、熱いわ〜」

「ほら、体温上がったやろ？」

「ほんまや！」

湯気が出るくらい身体が熱くなってる。なんて不思議な世界なんや。ちっちゃいおっちゃんってすごいな…。

「イメージと現実の区別はないねん。世界では、イマジネーションでがんを消した子もおるで」

「うそやん！」

「信じられへんうちは叶わへんけどな。でも、お兄ちゃんはわかってきたやん」

「まあな」

「いちばん大切なんは自分自身のイメージや。自分をどんな人間やとイメージしてるかってこと。覚えてるか？」

「うん、覚えてる」

「長所と短所は表裏一体。短所を裏返すと長所やねん。だから、短所を消したら長所も消えてしまう。関西人のおばちゃんを見てみいな。長所は『おもろい』『よく笑う』『冗談を言う』『明るく元気』。これを裏返すと短所になる。『うるさい』『やかましい』『口が悪い』『ひょう柄の服を着る』…みたいな。せやけど、関西人のおばちゃんが黙ったらどうなる？」

「そらあかんわ」

「やろ？だからええねん。ありのままで」

「関西人のおばちゃんから笑いを取り上げ、ひょう柄の服だけ残ってもな…」

「お兄ちゃん、ギャグも言えるようになってきたやん」

「のぞみちゃんがうつってきたかも。わっはっは！」

ぼくの口から自然にギャグの言葉が出てきていた。これまでギャグなんて言ったことともなかったのに…。


「『自信がない』っていうのも、あれ嘘やで。すべてのイメージは自信満々や。『それ無理！』って言う子がおるけど、自信満々で言うとるやん」

「言われてみれば…。ぼくも最初は、『自分はどうしようもない人間や』って自信満々で言うてたな」

「やろ？ なにに対して自信があるかというと、過去の記録に対してやねん。子ども時代に言われて信じた過去の記録。これから自分を否定するイメージが浮かんだら、自分に聞いてみ。『それって真実なん？』って」

「その言葉、ちっちゃいおっちゃんと会ったときにぼくも考えてん！ やっぱり大切なんやな、その言葉…。こうして考えてみると、自分はいかに過去の記録に縛られてたかっていうのがようわかるわ。どうせ自信を持つんやったら、自分を好きになることに自信満々のほうがいいよな」

「そういうこっちゃ」

「ぼくの夢は絶対に叶うぜ！　自信満々や。どや！」

「元気よくなってきたやん。じゃあ、お兄ちゃんの夢ってなに？」

「自信満々で言うてみたけど…それが実はまだようわからんねん。のぞみちゃんと出会ってから心に決めたことはあるで。でも、それが夢かどうかはわからんなぁ」

「じゃあ好きなことを言うてみ」

「ここ何年も楽しいって感じたことないわ」

「お兄ちゃん、人間は誰でも生まれたときから才能を持ってるねん。みんな違うけどな。幸せに生きてる人は、自分の好きなことを見つけてやってる人間や。これを自己実現っていうねん」

「才能って…。ぼくにもあるんやろか…」

「誰でもある。イチローみたいな人だけが才能があると思とったらあかんで。料理好きやったらそれも才能や。有名な人間やお金持ちだけがすごいんちゃうねん。**幸せに生きてるやつが、いちばんすごいんや**」

「幸せに生きてる人がいちばんすごい…」

「そうや。自分の幸せを見つけるんや。それは人と違っててもええし、常識なんかに振り回されんでもええし、みんなから認められんでもええ。自分の好きなことを見つけるんや。それが結果的に多くの人の役に立つんや」

「なるほど、好きなことか…」

ぼくは自分の好きなことを考えてみた。さっきはなにも思い浮かんでこなかったけど、好きなことがいろいろ出てきた。

のぞみちゃんが話してくれるようなことも好きやし、目に見えないものにも興味がある。しゃべるのもほんまは好きや。小学校のときはよく漫才してみんなを笑わせとったよな。そういや小学校のとき、お笑い芸人になりたいって思ったこともあった。

そうそう犬も好きや。本を読むのも絵を描くのも好きやし、旅行も好きやし。ほんまはたくさんの友だちに囲まれて笑っていたいねん。家にずっとおるより、外に出るのが好きや。字を書くのも好きやし、子どもも好きや。なにかを集めるのも好きや。

自分の好きなことを考えながら、のぞみちゃんにすべて伝えた。

「お兄ちゃん、それすべて才能なんやで。**自分を愛するってことは、自分の好きなことを自分にさせてあげることでもあるんや**」

「自分の好きなことを自分にさせてあげる…」

のぞみちゃんと出会ってから心に決めたことを、ぼくは話すことにした。

「ぼくな、のぞみちゃんみたいにみんなを幸せにしたいねん。限界の記録や罪悪感、自己否定して人生がうまくいかへん人を助けたいねん。前向きな人はもっと前向きに。自然に、ありのままの自分を好きになれるようにしたいねん。ぼく自身がのぞみちゃんと出会って変わった。それをみんなに伝えたいんや」

「そうか、私みたいになりたいんや。そしたらモモヒキをはいてもらうで！　恥もただの概念やしな。ただ、『**あの人みたいになりたい**』**と思うその人も、自分の投影やねんけどな、真実は…**」

「なんや？　また深い話やな」

「まあ、そのうちわかるときがくるわ。とにかく、外側の世界なんてない。戦争も貧困も自分の心の投影やってことや」

「それって上級レベルやな」

「ちょっと伝えただけや。ほな、お兄ちゃん夢を叶えよか！」

「よっしゃ！　モモヒキはくで！」

「その調子や、カツラもやで！」


モモヒキはいてハゲズラをつけると気分が一変した。そんなバカなことがあるかと思うけど、なんか一皮むけた気持ちになった。


「お兄ちゃん、やけに似合ってるやん」

「自分でもそう思うわ…」

「よっしゃ。じゃあ、ちっちゃいおっちゃんと再会するで」

「また会えるの？」

「今度はちっちゃいおっちゃんに自分の夢を伝えるんや。これは初級やけどな。ちな

みに、大きいおっちゃんやったらもっと早く実現するで。さらに、偉大なおっちゃんに言うたら百パーセント実現する」

「それやったら偉大なおっちゃんに会わせて〜な」

「お兄ちゃんがもっともっと自分を愛したら、偉大なおっちゃんに会えるで」

「わかった。ぼくは上級まで行くで！」

「そうや。それが無限の可能性や。ほなはじめるで。まず、お兄ちゃんの意図はなに？」

「愛と癒しと笑いや。のぞみちゃんと出会っててほんまにそう思った」

「それやったら、自分が愛になって、自分を癒して、自分が笑うことや」

「自分が愛になって、自分を癒して、自分が笑うこと…。ほんまそういうことやな。自分にないものを与えようがないもんな」

「その通り！ええこと言うやん。お兄ちゃんはもう最高に輝いてる人間やで。自信と愛に満ちあふれとる。みんなから愛される価値のある人間や。愛があって、人を癒す力があって、笑いがいっぱいある楽しい人間や」

のぞみちゃんにそう言ってもらったぼくは、ほんまにそういう人やと思えてきたから不思議や。

「もう過去に縛られんでもええ。これがほんまのお兄ちゃんや」

「なんか自信が出てきたような気がする」

「それでええ。やる気なんかいらんねん。自分でどんどん〝その気〟になるんや。〝やる気〟より〝その気〟やで」

「その気か……」

「モチベーションを高めてやる気になっても、ちっちゃいおっちゃんはもとに戻そうとするねん。せやけど、〝その気〟はもとに戻らへん。がんばらんでええねん」

その気になると、がんばらんでもいい……。ぼくはあんまりがんばったことないけど、その気になって好きなことをやる人間になりたいと思った。


「よし。次は自分の願いを五感を使ってイメージするで。視覚は色や形。笑顔とかな。聴覚は音。笑い声や鳥の鳴き声とか。触覚は熱いとか冷たいとか、感じるものすべてや。味覚と嗅覚はわかるやろ。味と匂いや。この五感を使って夢を描くねん」

「なにをイメージしたらいいの？」

「まずは結果や。夢にたどり着くまでには方法と結果があるやろ。方法ばっかり考えとったら、その方法だけが現実化するで。よく言うやん、汗水流して死ぬほど働いたらなんとかなるって」

道行くサラリーマンの姿が容易に想像できた。みんな辛そうな顔して必死に働いてる。働くことはそんなに辛く大変なことなんやろか。

「でもな、そうやっていうてたら一生、汗水流して死ぬほど働くようになるねん。なんとかなるっていうても、なんにもならんから。方法だけがずっと現実化するってことや」

「うそ！」

「ちっちゃいおっちゃんは、『なんとかなる』っていうのはわからへんから。汗水流して死ぬほど働くイメージは受け取ってくれるけどな」

「みんな間違ってるやん…」

「お兄ちゃん、『想像して創造する』を早よ読み。全部書いてあるから」

「えらい宣伝やな。その人のまわしもんか？」

「バレた？」

「バレバレや」

「せやけどええ本はええ本や。八万三千円の給料からイマジネーションの力で二十七歳で年商五億円までいったらしいで」

「買う！　絶対に買う！」

「お兄ちゃん、やっぱりお金に弱いな…。ただ、幸せはお金やないけど、あったら困ってるところに寄付もできるし、自由でええで。お金は喜びを買う道具やから。どれだけ稼げるかやない。なにに使うかや。それがわからんと、ただお金を貯めるだけで幸せとはいわんからな」

「なるほど…」

「じゃあ、そろそろイメージングいくで。まず深呼吸して。ゆっくり呼吸してリラックスして。心の扉が開き、ちっちゃいおっちゃんと再開や。そして、ちっちゃいおっちゃんにイメージを送っていくで」

深呼吸してリラックスしていくと、ちっちゃいおっちゃんと再開した。

「おっ、たくちゃんどないしたん？」

「いまからイメージするから、ちゃんと見といてよ」

「よっしゃ！　任しとき、たくちゃん」

ちっちゃいおっちゃんにイメージングすることを伝えると、のぞみちゃんが話しはじめた。

「さあ、その気になって夢が叶ったと思いや。お兄ちゃんはすでにいま夢が叶った状態や。なにが見える？」

「大きな会場が見える」

「何人くらい入るの？」

「五百人くらい」

「どんな人が見える？」

「男の人も女の人もおる。お母さんが子どもを抱いてる。サラリーマンもおるな。学生もおる」

「お兄ちゃんはどこにおる？」

「舞台や。スーツを着てる。なんかちょっとカッコええやん。自信を持ってイキイキしとるわ」

「音は聞こえる？」

「うん。拍手やな。めっちゃ気持ちええやん。拍手が大きくなってる。みんなぼくのことを期待してる顔や」

「他になにが見える？」

「ぼくの写真を撮ってる人もおる。人気者やん。ええ気分やわ」

「触覚は？」

「地に足がついてる感じ。ちょっとドキドキしてるけど、いい緊張感。手にはマイクを持ってる感触がある。そして、堂々としゃべってる。そう、のぞみちゃんに教えてもらったこと。あっ、ちょっと待って。少しイメージ変えていい？」

「どないしたん？」

「なんかスーツが気持ち悪い」

「カッコいいんとちゃうの？」

「違うねん。なんか自分らしくない。やっぱりモモヒキにカツラやないと気分が乗ってこおへんわ」

「よっしゃ、モモヒキにカツラや」

「あかん。もうみんな笑ってる。けらけら笑い声が聞こえる。ええ感じや。おっ、ぼく頭にハチマキしとるわ。そしてハチマキに『楽しもう』って書いてるのが見える。あっ、しゃべり出したわ。なんかのぞみちゃんみたいにしゃべってる。おもろいやん。みんな大爆笑や。乗ってきたで！　ええ感じや。なんかめっちゃ楽しい……」

「お兄ちゃん、それが愛や」

イメージしながらワクワクしていると、のぞみちゃんがそうつぶやいた。

「楽しいやろ？　ワクワクするやろ？　それが愛や。お兄ちゃん、それがお兄ちゃんの才能や。それが使命や」

このワクワクする気持ち。これが愛であり、才能であり、使命でもある。ぼくは気づかされた。

「なにをやってもええねん。そうやって好きなことをして、愛に生きとったら、それだけで周りの人を癒してるねん」

「みんなの声が聞こえる…。『ありがとう』って言ってる。ぼく、人の役に立ってるねんな」

「そうや。おめでとう、お兄ちゃん」

ぼくはイメージの世界で楽しそうにしゃべってた。鳴り止まない拍手がまだ耳に残ってるし、「ありがとう」って声がこだましてる。手にはマイクを握ってた感触もある。これが想像やとは思われへん。まるで現実の世界のようや…。

「お兄ちゃん、私の役目は終わったわ。こうやって毎日、ちっちゃいおっちゃんに伝えるねんで」

「うん。のぞみちゃん、ありがとう…」

「うん」

「あっ、のぞみちゃんの心の中が見えてきた！」

「うそー。恥ずかしいやん」

「たしか美人って言うてたやんな…。あれ？ ひょう柄の服着て、麦わら帽子かぶったちっちゃいおばちゃんがおるで！　わっはっは！」

「お兄ちゃん、それ言うたらもう終わりやで」

「わっはっは！　あかん。笑いが止まらへん」

ぼくは心から笑った。だって、ひょう柄の服着て麦わら帽子かぶったちっちゃいおばちゃんて…おかしすぎるやろ。


「みんな顔は違うねん。せやけど、パソコンの中を見てみ」

のぞみちゃんの心の中のパソコンをのぞき込んでみた。すると、ビックリするほどきれいやった。

「人間、外見やないちゅうこっちゃ」

「のぞみちゃんは、それだけちっちゃいおばちゃんのことを好きやってことなん？」

「そうや。毎日、『愛してるで〜』って言うてるもん」

「やっぱりそれがコツか…」

「ほんなら、私もう行くで」

「どこ行くん？」

「お兄ちゃんみたいなやつがたくさんおるから」

「とかなんとか言うて。また、ただ食いしようと思ってるんちゃうの？」

「まあ、そういう考え方もあるな」

「のぞみちゃん、ありがとう」

「うん。聞いてくれてありがとう。お兄ちゃん、おもろかったわ」

のぞみちゃんはそう言うと、モモヒキとハゲズラの姿で、心の中のちっちゃいおばちゃんと一緒に去っていった。何回も後ろ振り向きながら…。普通は感動のシーンやけど…。あかん！やっぱりおかしすぎる。

＊　＊　＊

それ以来、ぼくはのぞみちゃんと会うことはなかった。だけど、ちっちゃいおっちゃんには毎日会ってる。

深呼吸して、リラックスして扉を開くと、いつもちっちゃいおっちゃんがおる。

「なんや？　たくちゃん」

「ちっちゃいおっちゃん、愛してるで〜」

「たくちゃん、ぼくも好きやで。いや〜ん。恥ずかしいやん。うるうる」

ぼくは毎日毎日、夢をイメージした。毎日、ちっちゃいおっちゃんとイメージで会話した。

ちっちゃいおっちゃんと実際に出会ったとき、最後に言い残した言葉がある。

「たくちゃん、ぼくはここまでの記録しか知らんけど、大きいおっちゃんはもっと古い記録も持ってるで」

「また大きいおっちゃんかいな。ぼくはどうせ初級ですから、教えてくれへんねんやろ」

「バレた？　わっはっは！　まあ今回はこれくらいにしとくわ」

「ちっちゃいおっちゃん、ありがとう」

「うん。パソコンがだいぶ軽くなったわ。もっと軽くなったらゼロになるで。インスピレーションはここから送られてくるんや」

「ゼロ？」

「たくちゃん、正しい生き方なんてないんや。がんばらんでもええねん。失敗も成功も正しいも間違いもない。常識も、男前もブサイクもない。なにをしてもええねん。みんなと違っててもええねん。すべて記録やから。だから…**ほんまはゼロやねん。それがほんまの自分や。人生、楽しんだらええ。自由でええんや。ワクワクしてるときって、愛やん**」

ちっちゃいおっちゃんはそう言うと、またぼくの心の中に戻っていった。

＊　＊　＊

ぼくはいま、イメージ通りの人生を送ってる。ちっちゃいおっちゃんとはずっと仲良しや。ちっちゃいおっちゃんは、ぼくの願いを叶えてくれる最高の友だち。

ぼくはのぞみちゃんと出会い、ちっちゃいおっちゃんと出会ってからのことを本にした。イメージした通り、ベストセラーになった。

多くの人が自分自身とつながり、みんなが自分らしく生きはじめた。ぼくは本を書き、講演会をすることで、その大切さを伝える人間になったんや。

ぼくの本を読み、講演会を聞いた人は、それぞれ自分の好きなことをしはじめた。みんなが笑いはじめた。

絵を描く人、会社を立ち上げた人、料理を楽しむ人、踊りを楽しむ人、歌を楽しむ人…みんなが幸せになった。

平和な心、自由な心。気がついたら戦争はなくなり、争いはなくなった。そしたら、自然もよみがえってきた。緑が増えた。動物も、植物も人間と調和してきた。地球が調和に満たされ、地球は黄金の光で包まれた。

すべては心から…。

「たくちゃん、これだけは言うとくわ。世間の成功のイメージもみんなの記録や。たくちゃん、成功者になるんじゃなくって**成幸者**になりよ。**成幸者**は魂が望む人生で、幸せをつかんだ人間や。これが使命やで。

有名にならんでも、魂が喜んどったら成幸者や。世間の成功者のイメージに縛られとったら、もし有名になれんかったら自分のことを否定してしまうやろ。

もう一回言う。成幸者になるんやで。もちろん有名になっても、有名にならんかっても、魂が喜ぶことをさせてあげてな」

これはちっちゃいおっちゃんの声やない。偉大なおっちゃんや。ぼくはなんとなくわかった…。これはインスピレーションやった。

【四章のまとめ】

◇イメージの法則

〈集中した意識の法則〉

●私たちがひとつの考えに意識を集中するとき、それは自発的に実現する傾向にある。

例：テレビで食べ物のコマーシャルを見たあと、空腹を感じる。映画のラブシーンに続いて性的興奮を感じる。

〈逆効果の法則〉

●なにかをしようと意識的に強く試みるほど、より達成するのが難しくなる。

例：ダイエットのために食べる量を減らすほど、食べ物に対する欲求が強くなる。

意思と想像力の間の戦いでは、後者が勝つ。意思と想像力がともに作用するとき、結果はそれだけ倍増する。

〈優勢効果の法則〉

●**強い感情は弱い感情に置き換わる傾向にある。**

例：日曜の朝、公園へ散歩に行くのが楽しい。しかし、ある日、そこで何者かがあなたを襲って物を盗ろうとした。この〝恐怖と不安〟は以前の気持ちに置き換わる。おそらく、あなたはこれから公園へ行くのを避けるようになる。

〈延滞行動の法則〉

●**ある暗示が与えられるとき、もとの暗示の中で使用された条件・状況が現われる場合、常に人はその暗示に反応する。**

例：学校のベルが鳴ると、鞄を持って教室から出ていく。

〈関連の法則〉

●ある刺激を受けている状況で、また別の刺激に反応するとき、ふたつの刺激を関連づけるようになる。

例：誰かとロマンティックに踊っているとき、その場でかかっている曲を「気分をよくしてくれる音楽」と連想するようになる。

〈イメージトレーニング、潜在能力開発十カ条〉

①Identicalの法則

潜在意識はイメージと現実の区別がつかない。

②Focusの法則

あるイメージに集中するとそれが現実化する。

③Reactionの法則

「がんばる」という意識が逆に引っ張られる。

④Emotionの法則

感情は否定であれ肯定であれ潜在意識にインプットされる。プラスの感情エネルギーは潜在能力を活性化する。

⑤Presentの法則

未来形は一生夢物語として現実化しない。現在形もしくは完了形を使う。

⑥Positive word Negative Wordの法則

否定語はすべて肯定される。「失敗しないように…」という否定語は失敗をイメージする。

⑦Wish and Believeの法則

願いと信念。お金がないから成功したいという思いは、「お金がない」というイメージが強くなり、「お金がない」という信念が現実化する。

⑧Prizeの法則

必ずご褒美をイメージする。「ビジネスに成功する」「豊かな心になる」「理想のボディになる」など。

⑨Five sensesの法則

潜在意識は良い悪いの区別もお金の価値もない。潜在意識は五感を使ったイメージをすべて受け取る。

⑩ Breathing and light imageの法則

潜在意識の扉は脳波がアルファ波以下で開く。呼吸と光のイメージは潜在能力を活性化し、扉が自動的に開く。

おわりに

本書は子どもでもわかるような文章とストーリーを意識しています。もちろん、小さいお子さんを持つお父さんお母さんや学校の先生、本書の主人公である拓也君と同年代の方々をはじめとして、中学生、高校生、大学生、一般の方々すべての人びとの心に届き、心の葛藤を手放し、なんらかの気づきや自分のハートがほんとうに望む幸せな人生につなげていただければ幸いです。

私は潜在意識のことをおもしろおかしく「ちっちゃいおっちゃん」と言っています。しかし、潜在意識のイメージは人によって違います。みなさんも自分の潜在意識に語りかけ、もうひとりの自分（インナーチャイルド）を愛してあげてくださいね。

自分を愛することは、個人の記録だけではなく、人類の集合意識（アカシックレコード）の記録をも癒す鍵でもあります。そうすることで、ハイヤーセルフ（大いなる自己）ともつながります。そこからインスピレーションを受けるでしょう。

本書の最終ページに掲載している写真は、お花や果物、人などに「こういう言葉をかけてはダメ」とお伝えしているのではありません。自分に対して言う「悪口」や「褒め言葉」のことです。

私たちは、自分に対してこうした「悪口」を無意識に言っていることがあります。写真を見ていただくことで、自分に語りかける言葉の大切さをお伝えしたいのです。そして、自分を好きになれる言葉を自分に言ってほしいのです。

その中でも「愛している」「ありがとう」という言葉は自分を癒し、自分の問題を解決し、未来を変える鍵でもあります。私たちは、外側に真実があるのではなく、心の記録を通して世界を見ているのです。

本書を参考に自分の中のインナーチャイルドに「愛してるで〜」と言ってあげてくださいね。きっと心の中で涙を流して喜んでいるに違いありません。

二〇一〇年六月　愛を込めて　尾崎里美

尾﨑里美（おざき・さとみ）

1962 年生まれ。ヘアー & メイクアップアーティストとして 23 歳で独立し、会社設立。想像力、心や精神、潜在能力、人間行動学、ヒーリング、エネルギーフィールドなどの人間研究を始める。その後渡米し、アメリカで National Guild of Hypnotists(全米催眠協会) のプロライセンスを取得。さらに日本人で初めてイギリスの The Hypnothink Foundation(催眠思考協会) のプロライセンスを取得。
25 年間にも及ぶイメージトレーニングにより、オリジナルのイメージ法を開発。様々な業種の企業経営、プロデュースの実績や経験を活かし、ビジネスの〝成幸〟やマネーヒーリング、コミュニケーションスキル、潜在能力開発、ストレスマネージメントを伝えるスクールを開校し、講演、会社顧問としても活躍。中高生スクールも開始し、学校では教えない心の授業や受験合格のイメージトレーニングを伝える。
2003 年には日本に National Hypnothink Association(催眠思考協会) を設立し、ヒプノセラピストを養成。2004 年からイメージトレーニング用の CD や DVD の発売を開始。2007 年より、子供に心の授業を教える講師の育成を始める。またホメオパシージャパン正規代理店となる。2008 年には、自らが代表を務める慈善団体「ホピプロジェクト」を結成し、2009 年にカンボジアに学校を建設。2010 年、学校支援、お米支援を開始。

自称お笑いセラピストとして、多くの人に笑顔と夢、愛、希望、無限の可能性、人生を楽しむことを伝え続ける。

本当に自分のハートが望む人生を生きる成幸哲学トレーニング。

著書に、『 想像して創造する』『幸せの真実』（カナリアコミュニケーションズ）がある。

オフィスのご案内

(有) G - nius 5
〒656-1503
兵庫県淡路市遠田3104
TEL 0799-70-6800 FAX 078-330-3678
e-mail:yoyaku@g-nius5.com URL:www.g-nius5.com

笑って学べる心のおべんきょう **ちっちゃいおっちゃん**

2010 年 7 月 25 日〔初版第 1 刷発行〕
2019 年 6 月 20 日〔初版第 15 刷発行〕

著　者　尾﨑 里美
発 行 人　佐々木 紀行
発 行 所　株式会社カナリアコミュニケーションズ
〒 141-0031 東京都品川区西五反田 6-2-7
ウエストサイド五反田ビル 3F
TEL 03-5436-9701　FAX 03-3491-9699
http://www.canaria-book.com

編　集　高橋 武男
ブックデザイン　cell co. ltd
印 刷 所　株式会社クリード

ISBN:978-4-7782-0147-0 C0095

カナリアコミュニケーションズの書籍ご案内

『想像して創造する』
～望み通りの未来を創るイマジネーション力～

著者　尾﨑里美
定価　1400円(税別)
発行　2007年10月
ISBN　978-4-7782-0053-4

月給8万円から7年で年商5億円の会社経営者に登りつめた著者。その後すべてを手放し夢を叶えるイメージトレーナーに転身。自身の経験をもとに、望み通りの未来を創るイメージトレーニング法を公開。夢や目標をイメージ（想像）することで、それが実現した未来を創る（創造）ことができる。そう、すべてはイメージすることから始まるのです。著者が25年にもわたるイメージトレーニングにより体得した成功学の決定書。

本当の自分に還る
『幸せの真実』

著者　尾﨑里美
定価　1200円(税別)
発行　2009年3月
ISBN　978-4-7782-0097-8

競争社会、自己卑下、自信喪失、戦争、自然破壊…。お互いを傷つけ合い、破滅の危機にある星「ブルー」の人びとを助けるために、7歳の子ども「ヒカリ」が幸せを求める旅に出た――。ブルーの人びとにとっての幸せとは？そんな自問自答を続けながら「幸せの秘密」を解くカギを探すヒカリ。自信を失うのは、いつも誰かと比べ、自己卑下することが原因。自分を信じ、自分らしく、自信を持って生きていくためには、ありのままの自分を信じることが大切なんだ――。ヒカリの悪戦苦闘の旅を通して、自分らしく生きる秘密、自信を持って生きる知恵、幸せに生きるヒントが学べる感動のストーリー。

「ありがとう」

「最悪」

「愛しています」　「死ね」

言葉のエネルギー実験

人間の想念や言葉が、どのような影響があるかという実験です。これは植物や食べもの、他者に言う言葉だけではありません。私たちは無意識に自分を批判したり、責めたり、愛してあげたりと、さまざまな言葉を自身にかけ、また心の中で思ったりしています。この写真のように、意識的に自分を褒めたり愛してあげることで、自分の心も魂も癒されイキイキと輝きます。

「ごめんね」「許してね」
「ありがとう」「愛しています」

「ばかやろう」

「ありがとう」　「バカヤロウ」